Stimmgabel geschichten

Ben-Edward Picks & Antonio Vivaldi

Das geheimnisvolle Tagebuch

Sabine E. Toliver

www.tredition.de

© 2015 Sabine E. Toliver,
www.stimmgabelgeschichten.de

Cover-Design: Wibke Marquardt, www.ein.raum.design.de
Illustration: Jessica Maria Toliver, www.toliver.de
Lektorat: Sabine Franz, www.stoff-konzept-lektorat.de
Kontakt: www.tutto-concerto.de
vertreten durch Andrea Knefelkamp-West

Verlag: tredition GmbH, Hamburg

ISBN
Paperback 978-3-7323-7547-9
Hardcover 978-3-7323-7548-6
e-Book. 978-3-7323-7549-3
Printed in Germany

Das Werk, einschließlich seiner Teile, ist urheberrechtlich geschützt. Jede Verwertung ist ohne Zustimmung des Verlages und des Autors unzulässig. Dies gilt insbesondere für die elektronische oder sonstige Vervielfältigung, Übersetzung, Verbreitung und öffentliche Zugänglichmachung.

Für JeDaKaMa

 Prolog

oder warum Ben-Edward Picks vor vier Wochen angefangen hatte zu schweigen

Schweigen! Protestschweigen! Das hatte sich Ben-Edward Picks seit nun fast vier Wochen freiwillig auferlegt. Denn vor genau fast vier Wochen hatte sein Vater, ein bekannter Musikwissenschaftler, der gesamten Familie beim Abendbrot eröffnet: „Es ist sehr wahrscheinlich, dass wir im Sommer nach Österreich ziehen werden. Mir wurde eine Stelle an der Grazer Universität angeboten. Dies wäre unser erster Auslandsaufenthalt. Na, was sagt ihr, das ist doch mal was Neues!" Und während eine wahnsinnig hohe Frauenstimme aus den Lautsprechern der Musikanlage „Der Hölle Rache kocht in meinem Herzen" aus der *Zauberflöte* von Mozart sang und seine verblüffte Familie allmählich begann, die gefallenen Unterkiefer wieder zu schließen, fügte er noch hinzu: „Für eine angemessene Unterkunft ist bereits gesorgt. Dürfte ich um den Käse bitten?"

Ben-Edwards Familie bestand aus drei Frauen und zwei Männern. Genauer gesagt aus seiner Mutter Henriette, seiner vierzehnjährigen

Schwester Amelie – einer Zimtzicke erster Güte – und Großmutter Anna, der Mutter seiner Mum. Vater Albert war gebürtiger Engländer und wurde deswegen von den Kindern meist „Dad" genannt.
Seines Berufes wegen musste die gesamte Familie ständig umziehen. So ziemlich alle drei Jahre wechselte er an eine neue Universität in einer neuen Stadt mit neuen Häusern, neuen Schulen und neuen Menschen. Das konnte zwar ganz schön nerven, war aber auch interessant. Immer wieder etwas Neues eben. Momentan lebte die Familie in München. Eine tolle Stadt, nur die Leute dort sprachen so, als kauten sie ständig auf einer ganzen Packung Wattebällchen herum. Bier tranken sie schon am frühen Morgen und Weißwürste aßen sie wie Schokoriegel. Ben, der im Mai seinen zwölften Geburtstag gefeiert hatte, war in Hamburg zur Welt gekommen. Die Stadt war so ungefähr das genaue Gegenteil von München. Man könnte sagen: Feuer und Eis – oder Laugenstangen und Rollmöpse. Mutter Henriette stöhnte ständig wegen des Regens, der sich meist pünktlich um elf Uhr über der Stadt ergoss, und Großmutter Anna jammerte stets über die steife Nordseebrise, wie sie es nannte. Ben bekam davon noch nicht allzu viel mit, schließlich war er damals erst drei Jahre alt. Und in welcher Stadt er sein Fläschchen trank, war

ihm zu dem Zeitpunkt … nun ja, völlig wurscht. Schlimmer fand er da schon den Umzug „ins Ländle", wie das Schwabenland genannt wird. Die Menschen dort waren ganz besonders; man könnte sagen: besonders anders. Als er kurz vor der Einschulung einmal mit seiner Großmutter in einer Fleischerei einkaufen war, fragte die Verkäuferin: „Und, möcht der Bub a Wörschtle?" – „Ja, gerne", antwortete Oma damals freudig und beobachtete gleich darauf entsetzt, wie die Verkäuferin von ihrer schon abgewogenen Fleischwurst, die es zum Mittagessen geben sollte, eine fingerdicke Scheibe abschnitt, um sie Ben quasi in den Mund zu schieben. Das fand Oma damals so daneben, dass sie bei dem folgenden Mittagessen (mit zu wenig Fleischanteil) aufgebracht verkündete: „Albert, mein lieber Schwiegersohn, wir sollten sobald wie möglich wieder umziehen!" Und somit landete die Familie Picks dann etwa ein halbes Jahr später in München. Da gab es in den Fleischereien so viel Wurst, dass in jeder Theke große Mortadella-Stapel extra auf Kinder warteten.
„Tod und Verzweiflung" sang die Stimme unbeirrt weiter in den Raum.
Nie zuvor hatte sich Ben, dessen Lieblingsmusik neben Hip-Hop und Reggae eigentlich die von Antonio Vivaldi war, dem Komponisten WolfgangAmadé Mozart verbundener gefühlt.

Denn diesmal hatte er absolut überhaupt keine Lust auf Umzug.
Der verzweifelte Grund dafür hieß: Odette. Odette war Französin, und deswegen wurde ihr Name auch nicht Odette ausgesprochen, also mit *e* am Ende, sondern nur Odett. Sie war letztes Jahr in seine Klasse gekommen. Ihr Vater, ein berühmter Sternekoch aus Paris, kreierte am Waidlinger Hof in der Maximilianstraße die tollsten Gerichte, und schon alleine deswegen fanden alle Schüler und Lehrer die Französin très chic. Und das stimmte: Odette war elegant und schön. Richtig schön. Dunkles, langes Haar fiel ihr auf die Schultern und ihre riesigen Augen schienen so blau wie alle Ozeane der Welt ineinandergegossen. Ihre gesamte Erscheinung erinnerte Ben an einen Edelstein, wogegen die anderen Mädels ihm vorkamen wie olle graue Kiesel.
Gerade gestern Abend erst hatte Ben einen neuen Liebesbrief an Odette geschrieben; den fünften, um genau zu sein:

Liebe Odette,
ich sitze hier in meinem Bett,
betrachte die Sterne
und weiß:
Ich hab dich so gerne!
Ach, so ein Scheiß!

Ich hab dich nicht gerne:
Ich hab dich lieb!
Vergib!

Natürlich wusste er, dass es eher ungewöhnlich war, das Wort *Scheiß* in einen Liebesbrief zu schreiben, aber er hatte ja um Vergebung gebeten. Und im Übrigen machte das gar nichts. Denn Ben steckte die Liebesschwüre zwar alle in einen Umschlag, aber nie in den Briefkasten. Nein. Er legte sie in ein kleines Muschelkästchen, welches, mit rotem Seidenfutter ausgelegt, in der hintersten Ecke seiner Schreibtischschublade versteckt war. Jedes Mal nahm er sich dabei vor: Den nächsten Brief, den schicke ich ab!
Doch bislang hatte er sich das aus Scham nie getraut.
Man fragte sich nur warum, denn eigentlich sah er mit seinen braunen Locken und den funkelnden grünen Augen für sein Alter ganz gut aus. Seit ein paar Jahren spielte er mit großer Begeisterung Basketball, das formte Mittelgebirgsmuskeln. Natürlich strebte er Hochgebirge an, aber dazu war er mit zwölf Jahren noch zu jung. Dennoch musste er sich in seinem Alter schon mit Konkurrenz vom Allerfeinsten herumschlagen. Wenn er nur an den Grießmeyer Dennis aus seiner Klasse dachte … der war mindestens schon einsdreiundachtzig groß,

sonnenbankgetoastet und lief ausschließlich in Edelklamotten rum. Ben konnte nur hoffen, dass Odette mehr auf Edelcharakter stand. Aber einen Trumpf hatte er in seinem Gesicht: Ein zarter dunkler Flaum, genannt Oberlippenbart, machte sich ganz allmählich bemerkbar und wurde von drei vorwitzigen Sommersprossen auf seiner Nase neugierig von oben herab beim Wachstum beäugt.

Unsanft wurde er aus seinen Gedanken gerissen. „Ach, Schwiegersohn! Muss das sein, dass du uns schon wieder an einen anderen Ort verpflanzt?", meldete sich Großmutter Anna, die gute Seele der Familie, zu Wort, während sie wild ihre Lieblingsperlenkette um beide Zeigefinger drehte. „Ich komme mir vor wie ein Stiefmütterchen im Blumenkasten und nicht wie dein Schwiegermütterchen!" Innerlich kochte sie vor Wut. Jetzt hatte sie hier in München endlich einen tollen Frisör gefunden! Wer hier am Tisch konnte ihr schon garantieren, dass es in Österreich überhaupt ordentliche Frisöre gab?

„Lass doch, Mutter!", erwiderte Henriette Picks, die sich aufgeregt eine blonde Korkenzieherlockensträhne aus ihrem Gesicht blies. „Albert tut doch nur sein Bestes für unsere Familie, nicht wahr, Liebling?" Dabei lächelte sie süß-sauer und dachte, dass es gar nicht so übel sei, aus München und seinem Kopfschmerz bereitenden

Fönwetter fortzuziehen. Henriette hatte es eben irgendwie immer mit dem Wetter.

„Ganz recht, Darling, ganz recht", gab ihr Gatte zur Antwort, während er sich genüsslich den Käse auf das Brot schichtete.

Vater Albert Picks war ziemlich in Ordnung. Ein bisschen schusselig zwar – dafür war er ja auch ein Professor –, doch ansonsten brillant im Kopf. Nicht nur, was Musik anging, sondern so ziemlich auf allen Gebieten. Das war schon in der Schule so gewesen. Eine Ausnahme bildete dabei allerdings *Textiles Gestalten*. In diesem Fach galt er als absolut unbrauchbar. Möglicherweise erklärte das, warum seine Hosenbeine stets zu kurz waren. Immer schauten die Socken hervor. Seine Frau ermahnte ihn ständig: „Zupf die Hosenbeine, Liebling!" Aber das nutzte nichts. Und ermahnte sie ihn zu oft, dann wurde er fuchsig. Überhaupt wurde er fuchsig, wenn man ihn reizte. Doch ansonsten war er, wie bereits erwähnt, ziemlich in Ordnung.

„Ich finde Österreich echt angesagt", warf Amelie, Bens Lieblings-Zimtzicke, ein, während die Sopranistin etwas von Rachegöttern und Vatermord durch die Lautsprecher kreischte. „Allerdings soll es dort einen Frauenüberschuss geben, was die Sache nicht gerade einfach für uns drei macht." Sagte es, umkreiste mit einem roten Lippenbalsam, der nach Erdbeeren roch,

ihre Wangen und den Mund und rief in die Runde:"Meinen Segen hast du, Dadilein. Ich schau noch kurz bei Marie vorbei. Tschüss!" Einfach so und ohne Entschuldigung stand sie vom Tisch auf, winkte in die Runde und flüsterte zu Ben gebeugt: „Machs gut, Stinksocke. Geh nicht so spät ins Bett. Kleine Kinder in deinem Alter brauchen ihren Schlaf!"
Alle am Tisch runzelten missbilligend die Stirn und Ben versuchte noch, seiner Schwester ein Bein zu stellen, aber vergebens. Manchmal hasste er den Umstand, nicht der Erstgeborene zu sein!
Er schüttelte nur den Kopf, als ihm seine geliebte Oma noch eine Senfgurke anbot, die er sonst in Unmengen verschlingen konnte. Nein! Er, Ben-Edward Picks, würde im Falle einer Verschleppung nach Graz aus Protest weder jetzt eine Senfgurke essen, noch jemals wieder mit seiner Familie sprechen oder laut niesen. Punkt.
„Steht es fest, dass wir umziehen?", fragte er deswegen laut und kräftig in die Abendbrotrunde. Dafür war er extra vom Stuhl aufgestanden.
„Ja!", antwortete sein Vater knapp.
Nie wieder sprechen. Ausrufezeichen! Schluss! Hört des Sohnes Schwur!

1. Kapitel

oder der verhasste Neustart in einem Land, wo die Tomaten „Paradeiser" heißen

„Nun stell dich bitte nicht so an, Ben-Edward!" Oma klang genervt, und das wollte bei ihrem Liebling Ben etwas heißen. „Zwei Wochen sind wir jetzt schon in Graz. Es ist ein schönes Haus, in dem wir wohnen und der Markt hier ist absolut wunderbar. Komm, riech mal!"
Sie hielt ihrem schweigenden Enkel einen dunkelroten Klops mit grünen Haaren unter die Nase. Für ihn war das eine Tomate. Aber hier in diesem Land nannte man so etwas „Paradeiser".
„Einen paradiesischen Duft haben die Früchte hier, ganz anders als in Deutschland. Das muss an der steirischen Sonne liegen. Schließlich befinden wir uns in der Nähe der Adria." Sie kaufte gleich fünfzig Deka von diesen paradiesischen Paradeisern. Denn fünfzig Deka sind in diesem Land ein normales Pfund oder ein noch normaleres halbes Kilo.
„Do, schauan S' doch den schöanan Karfiol", rief die Marktfrau seiner Großmutter zu. Die nickte ganz begeistert und schwups, wanderte der Blumenkohl auch noch in den Einkaufskorb.

Auf dem Grazer Wochenmarkt ging man nicht mit popligen Plastiktüten einkaufen, sondern schick mit Weidenkorb.

Seine Oma war schon sehr angepasst, aber Ben war froh, dass sie überhaupt mit nach Graz gekommen war. Ohne sie wäre es hier noch schrecklicher.

„Möchtest du eine Käsekrainer mit Kren, bevor wir wieder nach Hause gehn?", reimte Oma und schaute ihn dabei aufmunternd an.

Nee, ich will überhaupt nie wieder was essen in dieser doofen Stadt, rief Ben innerlich und nickte gleichzeitig mit dem Kopf.

Diese Würste waren gar nicht so übel und definitiv besser als die bayrischen oder schwäbischen. Sie hatten eingearbeiteten Schmelzkäse und spritzten herrlich, wenn man hineinbiss. Als seine Oma ihm die Wurst in einem Brötchen reichte, hätte er beinahe „Danke" gesagt und konnte sich gerade noch mit einem kräftigen Spritzer-Biss davor retten.

Ja, erstaunlich! Seit siebenundzwanzig Tagen und zweiundzwanzig Stunden war es ihm gelungen, nicht ein einziges Wort zu sprechen. Eine Leistung, die den Käsekrainer-Wurstgenuss rechtfertigte. Schließlich konnte er nicht auch noch in Hungerstreik treten, denn natürlich hatte seine Familie sich riesige Sorgen um ihn und sein Schweigen gemacht. Immerhin würde die Schule in zehn Tagen beginnen. Und das in einem neuen Land und einer unbekannten Klassengemeinschaft ... Ein schweigender Start könnte da ganz schön fies werden. Allerdings wusste Ben nicht, wie er aus dieser vertrackten Kiste wieder rauskam, ohne sein Gesicht zu verlieren. Seine Mum sagte zwar immer: „Man muss die Kinder auch mal lassen! Das tut ihrer individuellen Entwicklung gut." Worauf Amelie dann sofort zufrieden feststellte: „Und mir tut es gut, wenn die kleine Stinksocke nicht ständig freche Ansagen bringt!"

Was für eine blöde Situation, dachte Ben stumm, während er neben seiner Oma nach Hause trottete. Früher oder später musste eine Entscheidung her. Sein Monatsschweigen hatte den verhassten Umzug eh nicht verhindern können. Odette hatte ihn zwar am Umzugstag noch als Freund bei Facebook geaddet. So konnte er zumindest immer ihr Gesicht sehen, wenn er wollte. Aber bis auf ein „Hi, wie isses in Ösenland?" von ihr und ein „Geht so" von ihm war zwischen den beiden noch nicht viel gelaufen.

Das war am zwanzigsten August in München gewesen. Heute war bereits Freitag, der zweite September in diesem ösigen Graz! Vierzehn bescheuerte, leere, schweigende, sinnlose Tage lagen demnach hinter ihm, deren einziger Trost herrlich spritzende Käsekrainer waren.

Oh, Mann!

„Wir sind wieder da!", rief Großmutter durch das ganze Haus, und ihre Stimme hallte für zwei. Es war ein riesiger alter Kasten, dieses Haus. Und wenn Ben wirklich ehrlich war, musste er sich eingestehen, dass er sogar ziemlich toll aussah, der Kasten.

Verwinkelt, schmal, mit fünf Stockwerken und einem Dachboden, auf dem man Wäsche trocknen konnte. Die frisch gebohnerten Holzdielen in allen Zimmern hatten es ihm besonders angetan, man konnte herrlich darauf schlittern. Und in die Decken waren geschnitzte Holzbilder eingelassen. Mit speienden Drachen und einem jungen Mann mit Speer, der von großen weißen Gipsrosen umgeben war. Zugegebenermaßen war das Haus beeindruckend, auch wenn er es ja eigentlich richtig furchtbar hier finden wollte. Eine mächtige Standuhr mit dumpfem Klang thronte genau gegenüber dem Eingang, in dessen Mauer die Zahl 1739 eingemeißelt war, und begrüßte wie ein Butler jeden, der das Haus betrat. Oma nannte den Koloss „Unseren Wächter". Es gab außerdem noch ein Herrenzimmer für seinen Vater und dessen Computer sowie ein Kaminzimmer mit dicken, schweren Ledersesseln, in denen Ben sich verstecken konnte, wenn er keine Lust auf Familie hatte. Die Sessel dort waren so riesig, dass sie seinen Körper wie gefräßige Monster fast verschluckten.

Das Wohnzimmer glich einer großen Bahnhofshalle, mit schweren dunkelroten Samtvorhängen an den langen Fenstern, die einen in allen Regenbogenfarben glitzernden Kronleuchter umhüllten. Hier stand Papas Musikanlage, die fast Tag und Nacht klassische Melodien bekannter und weniger bekannter Komponisten dudelte.

Schon in München war es so gewesen, dass, sobald ihr Vater in der Universität war oder Freunde zu Besuch kamen, sich die Musikauswahl ganz schnell nach Amelies oder Bens Geschmack änderte. Wäre sonst auch zu peinlich gewesen. Klassische Musik galt bei den meisten ihrer Schulkameraden als absolut uncool.

Rechts vom Wohnzimmer öffnete sich Mamas Highlight. Eine mit eingefrästen Blumen verzierte Glastür führte in einen weißen Wintergarten, in dem sechs Korbstühle, ein Korbsofa und ein Korbtisch standen. An den Fenstern streckten sich die verschiedensten Palmenarten dem gläsernen Dach entgegen, durch welches die Sonne ganz schön heiß brennen konnte. Von hier aus überblickte man die weite Parkanlage, die zwar von Efeu überwuchert war, in der jedoch mittendrin, auf einem Kiesbett, ein dreistöckiger Brunnen stand. Zu Omas Freude wuchsen um ihn herum mindestens zwanzig

üppig gewachsene Rosenstöcke in Weiß und Rot.
Überhaupt, diese Verräterin! Sie liebte ihren Schwiegersohn plötzlich heiß und innig, weil ihr dieses Haus in dieser Stadt in diesem Land so „ausnehmend prima", wie sie es nannte, gefiel. Wie konnte die nur so schnell umkippen, seine geliebte Oma!
Gut, dass es Seelentreter und Seelentröster, seine beiden inneren Stimmen, noch gab. Sie waren während der letzten vier schweigenden Wochen die einzigen Freunde gewesen, mit denen sich Ben lautlos unterhalten hatte. Zumindest Seelentreter hielt immer bedingungslos zu ihm, vor allem dann, wenn Ben richtig mies drauf war; mit schlechten Gedanken und noch schlechterer Laune. Dies war in letzter Zeit ununterbrochen der Fall gewesen.
Und ganz bestimmt an diesem ultralangweiligen Freitagnachmittag. Lustlos schlenderte Ben durch die Zimmer. Vater saß im Kaminzimmer an seinem Schreibtisch und programmierte seinen PC neu, während er Orgelmusik von Johann Sebastian Bach in fast unerträglicher Lautstärke hörte und zu allem Überfluss noch schräg dazu summte. Mutter saß auf einem der Korbstühle im Wintergarten und blätterte in einer Frauenzeitschrift. Die Zimtzicke aber, welche seine Schwester war, residierte im Badezimmer vor einem großen, langen, goldenen Spiegel und

quetschte Mitesser aus. Sie liebte dieses Haus auch, weil, so sagte sie, alles so „todschick großzügig" war. Niemand nahm Notiz von ihm, dem armen, schweigenden Ben-Edward Picks. Alle waren zufrieden mit sich selbst, vor allem die Mutter seiner Mutter, die bereits dabei war, alle Markteinkäufe zu einer gesunden Mahlzeit zu verarbeiten. Dabei grinste sie vor sich hin, weil sie ja so vergnügt war, wie sie ständig selbst behauptete. Vergnügt war sie hauptsächlich wegen eines Ungetüms inmitten der Küche, genannt Herd.

Bitte schön, wenn seine Familie ihn ignorierte, konnte er ja auf sein Zimmer gehen. Er war der Einzige, der noch nicht all seine Sachen ausgepackt hatte. Nur seinen PC zwecks Facebook und das Muschelkästchen mit den mittlerweile sieben nicht abgeschickten Liebesbriefen an Odette hatte er bislang verstaut. Ansonsten lebte er noch aus Kartons.

„Kistenauspacken ist voll daneben! Wie wäre es stattdessen mit dem Dachboden?", meldete sich Seelentreter.

„Okay, prima Idee. Da waren wir noch gar nicht ausführlich", gab Seelentröster seinen Senf dazu. Gut, dachte Ben, dass ich wenigstens meine treuen Freunde habe! Und so machten die drei sich gemeinsam auf den steilen Weg zum staubigen Dachboden – oder wie man ihn in diesem

Land nannte: Speicher.

„Schon etwas kippelig, diese Treppe hier", meinte Seelentröster zu Ben, während der Stufe für Stufe emporkletterte. „Und miefen tut es auch!"

„Klar, wahrscheinlich hängt eine alte Leiche oben an der Wäscheleine", entgegnete Seelentreter. „Und die Spinnweben hier sind gar keine Spinnweben, sondern getrocknete Speichelfäden, die sie ausspuckt."

Ben schnaubte. Das war wieder einmal typisch für dieses miesgelaunte Irgendwas, wohnhaft in seinem Hirn. Eine Leiche konnte schließlich gar nicht spucken. „Quatsch, ihr macht mir keine Angst. Und wenn ihr wissen wollt, wie es da oben aussieht, dann haltet den Mund, oder ich kehre sofort wieder um!" Er vollzog eine halbe Drehung mit der Schulter.

„Pst!"

„Selber pst!", vernahm er ganz leise im Kopf und kletterte tapfer weiter. Die Tür zum Speicher war angelehnt und es bedurfte nur eines kleinen Schubses, schon standen sie mittendrin in einem Raum voll Vergangenheit. Es gab zwei Dachluken, und sobald sich die Augen an das fahle Licht gewöhnt hatten, erkannte man zwischen Staubkörnern, die schwerelos auf eindringenden Sonnenstrahlen tanzten, viele vergilbte Stoffe, Teppiche und ein altes Schaukelpferd mit ausgerupftem Schweif und nur einem Glasauge.

Vorsichtig, nein schüchtern, bahnten sie sich den Weg durch Kisten, Gerümpel und staubigen Mief.

„Aua", stöhnte Ben auf, „so ein Mist!" Er war mit dem Schienbein gegen einen alten Koffer gestoßen, der mitten im Weg lag. Langsam öffnete Ben den Deckel und hielt ihn gleich in der Hand, so morsch waren die Scharniere.

„Schaut mal, olle Klamotten. Die sind bestimmt hundert Jahre alt. Ob die mir passen?"

„Was denn, willst du vielleicht Mädchenkleider anziehen, und damit auf den nächsten Fasching warten?" Seelentreter grinste hämisch aus Bens Gehirn heraus, so hämisch, dass der fast glaubte, dessen Gesicht auf dem staubigen Fußboden zu erkennen.

Seelentröster wandte ein: „Lasst uns lieber wieder umkehren. Hier stinkt es nach Mottenkugeln und Rattenschiet."

Ben hielt ein grün-kariertes Kleid mit weißem Rüschenkragen und dunkelgrünen Samtschleifen an seinen langen Körper.

„Ich finde, Grün steht mir gut. Es passt zu meinen Augen."

„Natürlich! Und zu deinen wallenden, dunkelbraunen Locken", alberten die Hirnis. „Nur dein Oberlippenbart fügt sich nicht allzu harmonisch in das Erscheinungsbild ein!" Sie kicherten so laut, dass der Staub noch mehr aufwirbelte.

Entnervt schmiss Ben das Kleid wieder zurück in den deckellosen Koffer. „Mann, seid ihr bescheuert!" Dann bahnte er sich einen Weg durch das staubig-muffige Dachbodenchaos, indem er sich an alten, ausgeleierten Wäscheleinen entlanghangelte.

„Achtung, Skelett!", schrie Seelentreter schrill auf, genau in dem Moment, als Ben an ein klapperndes, knöchernes Gehänge stieß, das sich in dem diffusen Lichtkegel, der mühsam durch die Dachluke drang, nicht ausmachen ließ.

Ben fröstelte, bis er erkannte, dass es sich nur um einen alten, zerschlissenen Klammerbeutel handelte, in dem seit wahrscheinlich zig Jahren eine Menge Holzklammern wohnten. Sofort war er außerordentlich dankbar für den neuen modernen Wäschetrockner im Hause Picks.

„Was für ein komischer Kasten ist das denn? Dahinten links", warf Seelentreter schnell ein, bevor Seelentröster ihn wegen Hysterie abmahnen konnte.

Ben lief darauf zu. „Ich glaube, das ist ein altes Grammophon".

„Du meinst, eine alte Waage?", wollte Seelentröster wissen.

„Nein. Ein Grammophon hat nichts mit einem Gramm zu tun, du Dummi!", belehrte ihn Ben lachend. „Das hier ist eine Art antiker MP3-Player."

„Aha!"
„He, Jungs, schaut mal. Hier stehen auch einige alte Truhen", mischte sich nun Seelentreter wieder ein. „Vielleicht finde ich da endlich meine Speicher-Leiche ..."
„Still!"
„Hör doch mal!"
„Bleib stehen!"
Die drei erstarrten vor Schreck und hüllten sich in Gänsehaut.
Aus einer der Truhen röchelte es.
Doch eine Leiche!, dachte Seelentreter zufrieden.
Wahrscheinlich ein Gespenst!, dachte Seelentröster ängstlich.
Natürlich nur die Holzdielen!, dachte Ben-Edward realistisch.
Doch es röchelte weiter aus der einen Truhe, und nun begann es sogar zu krächzen.
„O jemine!", jammerten seine Hirnbewohner.
„Verdammt, seid doch mal leise, ich kann ja gar nichts verstehen", klagte Ben. Vorsichtig legte er sein Ohr auf den Truhendeckel.
„... mich hier ...", krächzte es weiter. Ben hörte auf zu atmen, um besser zu verstehen, was die Stimme sagte.
„... raus ...!" Ben lauschte immer noch. „Hol mich hier raus!"
Kurz bevor er zu ersticken drohte, hatte er den

Satz Gott sei Dank endlich verstanden.
Sachte öffnete er die Truhe, Staub wirbelte auf und er konnte einen Niesanfall gerade so unterdrücken. Das hätte noch gefehlt, wenn ihn unten einer gehört hätte. Er begann, im Inhalt zu wühlen.
Alte Zeitungen fand er da. Von 1770! Toll. Er traute sich gar nicht sie auseinanderzufalten, aus Angst, sie könnten zerfallen. Hier waren auch verschlissene Notenblätter, teilweise lose, teilweise gebunden in grünen oder roten Pappdeckeln mit goldener Schrift. Namen wie Bach, Händel, Mozart, Schumann und Beethoven standen darauf. Wenn ihn nicht alles täuschte, mussten das Komponisten sein. Die Namen hatte er schon von seinem Vater gehört.
Es krächzte wieder: „… mich nicht."
„Vergiss …", ergänzte Seelentröster. „Vergiss mich nicht."
Ben wühlte weiter, bis er es in der Hand hielt, das Krächzen. Und zwar in Form eines alten, verrosteten Metallgegenstandes.
„Oh, eine Heugabel", riefen Seelentreter und Seelentröster einstimmig aus. „Eine krächzende Heugabel!"
„Unsinn und dreimal Quatsch! Das hier ist eine Stimmgabel." Er war in diesem Moment heilfroh, einen Musikwissenschaftler als Vater zu haben. „Eine verrostete dazu."

„Reibe mich, sonst krächze ich ..." Allmählich wurde die Stimme der Stimmgabel kräftiger und Ben hätte sie beinahe vor Schreck auf den Boden fallen lassen, denn sie vibrierte sehr kitzelig in seiner Hand. Zögernd begann er, an einem Zipfel seines Pullovers zu fingern und rieb ganz vorsichtig das Metall, das sofort silbern glänzte.
„Oh, ist das schön!" Die ganze Gabel vibrierte glücklich.
„Ihr Sprechen klingt wie Gesang", flüsterten die beiden Hirnbewohner in Bens rechtes Innenohr. „Du musst uns vorstellen!"
Ben überlegte fieberhaft. Wie sollte er sie vorstellen, ohne sein Schweigegelübde zu brechen?
„Angenehm, Ben-Edward Picks. Und das sind meine beiden Hirnbewohner Seelentreter und Seelentröster." Er klopfte mit dem Zeigefinger an seine Stirn. „Wir wurden gegen unseren Willen von meiner Familie hierher verschleppt", sagte er in Gedanken.
„Ich weiß", sang die Stimmgabel vergnügt. „Und: Natürlich klingen meine Worte wie Gesang. Schließlich bin ich auf *a* gestimmt!"
Ben zuckte zusammen. Hatte sie tatsächlich seine Gedanken gelesen?
„Auf *a* gestimmt, was soll das heißen?", wunderten sich die beiden Hirnbewohner. „Und überhaupt, wieso kannst du Gedanken lesen?"
„Na, Kammerton *a* eben. Jede Stimmgabel ist

auf *a* gestimmt. Das sind alles meine Nachkommen. Ich bin ... welches Datum ist heute?" Sie klang aufgeregt.
„Der zweite September 2011", antwortete Ben verdutzt. „Und es ist jetzt", er warf einen Blick auf seine Armbanduhr, „zwei nach halb vier."
„Oh, dann bin ich bereits über dreihundert Jahre alt!"
„So alt und noch gar keine Falten?", fragte Seelentreter in Bens linkes Ohr.
„Festes Metall bekommt keine Falten, und außerdem ist sie wenigstens silbern genug für ihr Alter", meinte Ben allwissend.
„Und wieso bist du so alt? Und wie kommst du hierher? Und wieso kannst du Gedanken lesen?", fragten sie nun aufgeregt durcheinander.
„Also, das ist so." Sie holte tief Atem und erklärte:
„Mein ... nun, nennen wir ihn mal Vater, war Militärtrompeter und außerdem Lautenist bei Henry Purcell und Georg Friedrich Händel. Beide sind übrigens Komponisten, bevor ihr gleich wieder nachfragen müsst und mir somit beweist, dass die heutige Jugend unzureichend gebildet ist, wenn es um Kultur geht!" Sie gab ein silbrig klingendes Stöhnen von sich und Ben bemerkte an ihrem kleinen Silberkopf winzige Wimpern, die geschwungen waren wie sanfte Ostseewellen an einem milden Frühlingstag.

Das war merkwürdig, weil Stimmgabeln normalerweise keine Augen besitzen, und schon gar keine mit Wimpern dran. Aber hier war ja wohl nichts normal.
Die Stimmgabel fuhr fort: „Du einer Hirnbewohner, wie heißt du noch gleich? Ach ja, Seelentreter, komischer Name … Ein Lautenist ist ein Musiker, der eine Laute spielt. Die sieht so ähnlich aus wie eine Gitarre, aber nur so ähnlich. Und schon habe ich wieder Gedanken gelesen, nicht wahr?" Diesmal klimperte sie sogar vergnügt mit ihren Wimpern. „Also, dieser mein Vater hat mich 1711 geformt oder erfunden oder wie ihr es sonst nennen wollt. Ein Geniestreich!" Sie stellte sich auf ihre silbrigen Fußspitzen und drehte eine elegante Pirouette. „Bravo, bravo, konnte man nur sagen, denn ab jetzt war Schluss mit Tonhöhenwirrwarr in den Orchestern. Bis heute werden alle Instrumente auf den Kammerton *a* gestimmt."
Staunend beobachtete Ben, wie sie mit einem Satz auf das einglasäugige Schaukelpferd hüpfte, sich in dessen verfilzte Zottelmähne hängte und in die Runde fragte: „Habt ihr das schon einmal mitbekommen? In Konzerten, wenn die erste Geige sich erhebt, einen Ton angibt und alle Instrumente stimmen sich auf diesen ein? Herrlich, ein erhabenes Gefühl ist das. Alle hören auf meinen Ton!" Sie gurrte silbern, während Ben

und seine Hirnbewohner andächtig lauschten.
„Wie er hieß, mein Vater, wollt ihr wissen? John Shore. Er war Engländer. Und mich nannte er Miss Pitch Fork. Aber ihr dürft mich Forky nennen." Wieder klimperte sie mit ihren Wellenwimpern in Bens Richtung.
„Hi, Forky", murmelten die drei im Chor.
„Wie ich hier auf dem Dachboden gelandet bin, weiß ich selbst nicht. Ich kann mich nur noch daran erinnern, dass man mich auf der ersten Weltausstellung 1851 in London vorgestellt hat. Ich durfte vor Prinz Albert von Sachsen-Coburg und Gotha sogar einen Hofknicks machen. Und seine Frau, die Queen Victoria von England, nahm mich in ihre königliche Hand und strich mir sanft über das Haupt. Ach, das waren noch Zeiten!" Sie seufzte tief und wehmütig auf. „Eines Tages wurde ich dann in diese alte Truhe geschmissen. Es schaukelte eine Zeit lang ziemlich mies. Ich glaube, anfangs war es Wasser, danach eine Kutsche oder so. Jedenfalls roch es teilweise bestialisch nach Fisch und Salz und dann nach Pferdeäpfeln." Diesmal brrrte sie angewidert. „Seither friste ich mein trostloses Dasein allein hier auf dem Dachboden dieses alten Hauses. Das muss so um 1852 herum gewesen sein." Mit einem Satz hüpfte sie auf den zerschlissenen Ledersattel des Einglasäugigen und tat so, als ob sie ritt. Ben unterdrückte ein Kichern.

„Eins kann ich euch sagen: Viele Familien habe ich kommen und gehen gehört. Einige stellten auf dem Dachboden Sachen ab, oder sie schmissen alte Zeitungen auf mich. Irgendwann, so um die Jahrhundertwende, wurde das Haus auch noch umgebaut. Es staubte ganz schrecklich fürchterlich, bis hier hinauf auf den Dachboden." Sie schüttelte sich. „Durch jede Ritze kroch der Dreck. Und ein Lärm war das! Eine Qual für meine empfindlichen Ohren mit dem absoluten Gehör. Der Queen sei Dank, dass sie meinen Dachboden in Ruhe gelassen haben!" Forkys Gesicht begann zu strahlen. „Doch mich entdeckt habt bislang nur ihr, ihr süßen Geschöpfe, ihr!" Sie klatschte vor Begeisterung in ihre Silberhände. „Hü, mein Schimmel, hü!"

„Und wieso kannst du Gedanken lesen?", wollte der Hirnbewohner Seelentreter nun endgültig und nachdrücklich wissen.

Forky klimperte und flötete gleichzeitig: „Reines Training, mein Lieber. Schließlich spreche ich ja momentan auch deine Sprache, obwohl ich Engländerin bin und dich noch nicht mal sehen kann!"

„Jo", meinte der nur kleinlaut und verzog sich unter die hinterste Großhirnrinde. Das war ihm bislang noch gar nicht aufgefallen.

„Und wie hast du das Gedankenlesen trainiert, wenn du die ganzen Jahrzehnte hier alleine warst?" Ben schüttelte ungläubig den Kopf und dachte, er sei im Film.

„Du bist nicht im Film. Du kannst mir ruhig glauben", klirrte Forky. „Schließlich unterhalte ich mich mit all den Komponisten hier um mich herum. Und die sprechen die verschiedensten Sprachen."

„Was? Wieso? Mit welchen Komponisten?" Wieder mussten sie verblüfft fragen, während sie ihre Köpfe in alle Richtungen drehten.

„Na hier, hier in den Kisten. Alles voll Noten. Schaut doch selbst: der schwermütige Schumann, Schubert mit Nickelbrille, und dort der dicke Händel. Mit seiner Perücke sieht er aus wie ein strenger Richter im London des achtzehnten Jahrhunderts. Da, der polternde Wagner erst, eitel abgebildet mit einem weißen Schwan aus seiner Oper *Lohengrin*." Die Stimmgabel kramte weiter. „Verdi mit Zylinder und weißem Seidenschal. Und dahinten, Bach, das Genie neben dem verrückten Mozart, der seine Noten ganz zerfleddert, weil er immer so unruhig ist. Armer Johann Sebastian! Dich lege ich lieber neben Vivaldi, den hast du sowieso verehrt." Zärtlich strich sie über ein vergilbtes Blatt, auf dem *Gloria* zu lesen war. „Vivaldi. Mein lieber Antonio. Ihn hat das Schicksal auch schwer getroffen. Keine Ruhe findet er dort drüben."

„Hä, was soll das denn? Du redest mit Toten,

oder was?" Bens innerer Ton wurde streng und kräftig und sehr laut.

„Mich gruselt!", meinte Seelentröster.

„Ein Fieberwahn!", meinte dagegen Seelentreter.

„Absoluter Unsinn!", meinte wiederum Ben.

Alle drei hatten also eine Meinung und waren sich einig. Wenigstens diesmal. Sie rüsteten sich zum Abstieg, denn so einen Quatsch wollten sie sich nicht länger anhören.

„Schade, ich hatte gehofft, endlich Freunde gefunden zu haben. Außerdem hast du gerade laut geredet, Ben-Edward Picks!" Diesmal weinte Forky, die Stimmgabel, leise auf *a* und dicke Tropfen landeten auf Bens T-Shirt.

„Was denn, ich soll laut geredet haben? Unsinn!", rief der Junge noch lauter.

„Jawohl", antworteten Forky, Seelentreter und Seelentröster einstimmig. „Und schrecklich krächzen tut sie auch, deine Stimme", fügten die Hirnbewohner hinzu. „Wahrscheinlich kommst du zu allem Überfluss auch noch in den Stimmbruch!"

„Hallo, ist da oben jemand?", rief Oma plötzlich von unten.

„Los, antworte doch! Das ist eine gute Chance, wieder richtig zu sprechen zu beginnen. Willst du dein Leben lang schweigen? In zehn Tagen fängt die Schule an, und jeder wird denken, du hast nicht mehr alle Latten am Zaun, wenn du ständig schweigst. Das kannst du dir in der siebten Klasse nicht mehr leisten!" Seine treuen Hirnbewohner quasselten wild durcheinander.

„Richtig", mischte sich Forky ein. „Schließlich habe ich mit dir große Pläne!"

„Ach ja? Welche denn?" Ben flüsterte leise, aber mit Stimme, was ihn total erschreckte.

„Ich möchte dir einige Komponisten vorstellen. So richtig, meine ich: von Angesicht zu Angesicht oder face to face, wie man in meinem Land zu sagen pflegt." Die Stimmgabel spielte mit ihren Wimpern.

„Schon wieder so ein Blödsinn. Wie soll das denn funktionieren?"

„Nun, das werde ich dir verraten, wenn du wieder sprichst. Silbernes Ehrenwort!"

„Hmm …" Ben-Edward überlegte. „Was meint ihr Hirnis dazu?"

Doch die antworteten ihm nicht. Anscheinend sprachen sie nur, wenn er schwieg. Verkehrte Welt.

„Hallo! Wer da oben?" Omas Stimme wurde zwar drängender, aber doch schwang irgendwie ein Zittern mit.

„Also gut, ich überlege es mir und komme heute Abend noch einmal vorbei. Dann sage ich dir Bescheid, wie ich mich entschieden habe." Ben wollte die Stimmgabel gerade wieder in die Truhe legen, da fiel ihm ein: „Warte mal, wie soll ich denen da unten denn erklären, dass ich wieder spreche?"

„Nichts einfacher als das," Forky kicherte. Dann zog sie tief die Luft ein und blies danach eine deftige Staubwolke von dem Truhendeckel aus direkt auf Ben-Edwards Nase zu.

„Haha… hatschi!" Ben nieste so laut und kräftig, dass es durch das ganze Haus schallte. Für einige Sekunden stand er starr wie eine Salzsäule. Unten war es mucksmäuschenstill. Sehr gut, niemand schien da zu sein.

„Servus, bis später", flüsterte Ben Forky zu, die nun wieder eingewickelt in alte Zeitungen in ihrer Truhe ruhte, und kletterte vorsichtig die Stiege hinab. Endlich fühlte er wieder Boden unter den Füßen. Langsam und leise drehte er sich um – und blickte in acht weit aufgerissene Augen.

„Er spricht wieder!" Zwanzig Sekunden hallten die Worte seiner Familie im Flur nach, und niemand traute sich, auch nur eine Fußzehe zu bewegen.

„Schaut doch nicht so! Man wird ja wohl noch niesen dürfen! Was gibt's zu essen?" Ben schüttelte bei seinen Worten den Kopf, bevor er auf dem Häuserl verschwand, denn in diesem Land ging man nicht einfach und ordinär auf das Klo oder das WC – nein. In diesem Land gingen die Menschen auf das Häuserl!

2. Kapitel
oder Amelies großes Würgen

Auf das Abendbrot musste Ben-Edward Picks heute sehr lange warten. Denn Oma zog sich nach dem Aufzug ihres Enkelsohnes schweigend in den Wintergarten zurück und schnipselte sehr lange und ausführlich an einer neuen riesigen Palme herum, die sie vor Kurzem in einem Gartencenter erstanden hatte. Eigentlich wusste sie, dass man an Palmen nicht herumschnipselt, schon gar nicht, wenn sie keine braunen Spitzen haben, wegen eines falschen Standortes oder zu viel oder zu wenig Wasser. Doch Oma musste schnipseln: denn dass ihr geliebter Enkelsohn einfach so und ohne Erklärung und Entschuldigung wieder sprach, das war sogar für sie zu viel. Außerdem wusste sie nicht, ob sie vor Erleichterung lachen oder weinen sollte.
Die übrigen Familienmitglieder schwiegen auch. Henriette Picks schmunzelte aber dabei, denn sie hatte immer gewusst, dass Ben früher oder später sein Schweigegelübde aufgeben würde. Allerdings hätte sie zu gerne gewusst, welches Ereignis auf dem Dachboden ihn zu diesem Entschluss gebracht hatte. Doch noch traute sie sich nicht, ihn danach zu fragen.

Albert Picks schwieg und schmunzelte, unsichtbar für die anderen, ebenfalls. Immerhin hatte er bis zu dieser Minute wegen Ben-Edwards Schweigen ein ziemlich schlechtes Gewissen gehabt. Allerdings fragte auch er sich, warum ausgerechnet in diesem Moment und heute sein Sohn wieder zu sprechen begann. Dass das mit dem Aufenthalt auf dem Speicher zu tun haben könnte, auf diese schlaue Idee kam er männerdenktechnisch natürlich nicht.

Amelie jedoch schmunzelte überhaupt nicht, da sich bereits jetzt – in Aussicht auf Stinksockes freche Bemerkungen – bei ihr das große Würgen eingestellt hatte. Sie zog sich schweigend in ihr Zimmer zurück und whatsappte mit ihrer neuen Freundin Clara, die gleich gegenüber auf der anderen Straßenseite wohnte. Die Nachricht begann mit: Stell dir vor, es ist was gaaaanz Schreckliches passiert!!!

So kam es also, dass sich die Verhältnisse im Hause Picks um hundertachtzig Grad gedreht hatten. Alle schwiegen, bis auf Ben-Edward.

„Jetzt seid mir doch nicht böse! Meine Stimmbänder sind einfach nicht mehr eingerostet, das ist alles. Wann gibts Essen?" Ben hatte sich in die große Halle unter die Holzdecke mit Kronleuchter gestellt und laut gerufen – wieder ohne Antwortergebnis.

„Die sind hier vielleicht alle blöd, oder?", fragte

er Seelentreter und Seelentröster. Doch auch von ihnen kam keine Antwort. „Hey, ihr beiden! Seid ihr taub oder auch stumm?" Ben wurde ungeduldig. Nichts!

„Was soll denn das! Redet jetzt keiner mehr mit mir?" Diese Frage stellte er laut in die Halle und leise in seinem Kopf. Immer noch nichts.

Und so ganz allmählich dämmerte es Ben: Seelentreter und Seelentröster redeten anscheinend wirklich nur mit ihm, wenn er aus Protest schwieg. Ja, so musste es sein. Doch wenn er sich jetzt dazu entschied, wieder zu sprechen – dann hieß es wohl Abschied nehmen von den beiden lieb gewonnenen Freunden, die ihm während der vergangenen vier Wochen so wichtig geworden waren.

Schade! Seine Augen füllten sich mit Tränen.

Plötzlich bemerkte er, dass es auch in seinem Kopf ein bisschen feucht wurde und er wusste, dass sie noch da waren, seine Hirnis.

Erleichtert schlenderte er zur palmenschnipselnden Oma in den Wintergarten. Diese lächelte ihm zumindest freundlich entgegen.

„Machst du mir heute Abend Käsekrainer mit Kren? Die schmecken ja wirklich toll und spritzen so nett fett!" Ben legte seinen schmeichelhaftesten Schmeichelton auf.

„Aha, sie schmecken dir also. Das konnte ich bislang ja nur ahnen!" Großmutter schloss die

Schere, wischte sie an einem grünen Frottee-Handtuch ab, steckte sie in die rechte Tasche ihrer mit roten und grünen Äpfeln bedruckten Kittelschürze, rieb sich kurz die Hände und forderte ihn ebenso kurz auf: „Komm mit!"
Ben gehorchte wie ein Golden Retriever und trottete mitten in die Küche zum Kühlschrank. Oma schüttelte den Kopf: „Nix da! Tisch decken!" Er gehorchte immer noch. Mit ihr schien momentan nicht zu spaßen. Während Oma brutzelte, Brot schnitt und Senf in ein Schälchen rührte, deckte er sehr sorgfältig den Abendbrottisch. Er schnitt sogar zwei Blüten von der Orchidee ab, die Mama zum Einzug von Kirchhoffs geschenkt bekommen hatte. Das waren die Leute rechts von ihnen und Mama meinte damals, sie liebe weiße Orchideen mit zartrosa Blütenmitte. Sie würde sich bestimmt über den Blumenschmuck vor ihrem Teller freuen!
„So, mein Enkelsohn, nun ruf mal die Familie zu Tisch! Das kannst du ja jetzt wieder." So eine leichte Ironie schwang in Omas Stimme mit und „Enkelsohn" hatte sie ihn zuletzt genannt, als sie vor drei Jahren beim Aufräumen fünf verschimmelte Frühstücksbrote in seinem Schulrucksack gefunden hatte.
„Zu Tisch!", rief Ben laut in die Halle und drei Türen öffneten sich beinahe gleichzeitig. Man hätte fast den Eindruck gewinnen können, alle

drei Familienmitglieder warteten ungeduldig in ihren Zimmern, um Ben-Edwards Stimme zu hören. Während sie sich an den gedeckten Tisch setzten, schrie Henriette Picks plötzlich schrill auf: „Was machen meine armen Orchideen geköpft auf dem Tisch!"
„Aber Mama, ich wollte dir nur eine Freude machen und mich wieder zurückmelden!" Ben verstand die Welt nicht mehr.
„Aber Orchideen köpft man nicht. Man lässt sie an ihren Stängeln leben! Und das tun sie dann mindestens drei Monate lang!"
Bens Vater schaltete sich ein: „Nun, Darling! Dein Sohn hat es sicherlich gut gemeint und wollte gleichzeitig sein schlechtes Gewissen beruhigen. Ist es nicht so, mein Junge?" Sein Ton klang so eindringlich, dass man am besten nur „ja" sagte, was Ben-Edward dann auch schleunigst tat. Dies war so ein Moment gefährlicher Strenge, die Albert Picks ab und zu an den Tag legte.
„Nenn mich nicht Darling!" Sogar Henriette flüsterte nur ganz leise.
„Wir wollen beten!" Albert faltete seine Hände und die übrigen Familienmitglieder taten es ihm nach: „Herr, teile mit uns die Speise! Uns zur Kraft und dir zu Preise. Amen!" Und schnell fügte er noch hinzu: „Und außerdem danken wir dir, dass Ben-Edward seine Sprache wieder-

gefunden hat. Amen noch mal."
Dann stach Albert mit seiner Gabel herzhaft in eine Käsekrainer und spritzte dabei herrlich fettigen Wurstsaft auf Henriettes hellblaue Seidenbluse. Deren Augen blickten sofort stechend auf die Käsekrainer und diesmal tropfte herrlich fettiger Wurstsaft auf Alberts graue Flanellhose. Henriette war zufrieden und konnte jetzt sogar mit den geköpften Orchideen leben.

„Also, Kleiner", stichelte Amelie. „Ich finde, deine Stimme krächzt noch etwas."

„Nicht nur meine", rutschte es Ben raus.

„Willst du behaupten, dass ich krächze oder was?"

„Sagen wir mal so: Wenn du im Haus bist, könnte man glauben, eine Krähe sei durchs Fenster in den Wintergarten geflogen und hätte auf Omas Palmen Platz genommen, um ihr ein Ständchen zu singen, während sie Palmenspitzen schnipselt."

Wow, das war ein langer Satz gewesen, in einem Atemzug gesprochen, laut und deutlich – und frech. So wie es sich für den jüngeren Bruder einer älteren Schwester gehörte!

Zufrieden nahm Ben-Edward noch eine Wurst, rollte sie in ein Stück Brot ein und streckte währenddessen seiner Schwester heimlich die Zunge heraus.

„Er hat mir die Zunge rausgestreckt! Tut was!"

Amelie war außer sich.
„Lass ihn doch. Er feiert bestimmt nur seine wiedergefundene Stimme!" Da waren sich die Erwachsenen vollkommen einig, und Amelie hasste die Tatsache, dass ihr Bruder wieder sprach. Sie stand mit den Worten: „Ich gehe mit Clara noch in die Stadt!" vom Tisch auf und war dabei, hoch erhobenen Hauptes das Esszimmer zu verlassen.
„Sorry! Hast du etwa um Erlaubnis gebeten, vom Tisch aufzustehen?", fragten Dad, Mum und Oma gleichzeitig entrüstet. „Dein Benehmen lässt in letzter Zeit doch stark zu wünschen übrig!"
Ben grinste. „Was erwartet ihr denn von einer vierzehnjährigen Pubergöre?" Und zu Amelie gewandt schleimte er: „Aber ich finde, du hast nicht mehr so viele Pickel im Gesicht und deine Haare sind auch nicht mehr so strähnig wie früher." Das war als Friedensangebot gemeint und daher übersah er gnädig den rechten Mittelfinger, den sie ihm hinter ihrem Rücken entgegenstreckte.
Ihr könnt mich alle mal kreuzweise, dachte Amelie bei sich, während sie die Esszimmertür hinter sich zuknallte und die brennenden Blicke ihrer Familie auf ihrem Nacken spürte.
„Was hast du morgen vor, Liebling?", fragte Oma ihre Tochter, um die Situation leicht zu ent-

schärfen. „Morgen ist Samstag, da putze ich erst das Haus und gehe anschließend einkaufen. Und du?"

„Erst gehe ich zum Frisör. (Ja, man höre und staune: Großmutter Anna hatte in Graz einen Frisör gefunden, der ihr schon nach kurzer Zeit besser gefiel, als der in München. Und er stand ihr wirklich gut, der flotte Kurzhaarschnitt mit braunen Wellen. Aber das nur nebenbei ...) Und dann wollte ich eigentlich mal zur Steirischen Weinstraße fahren. Da soll es eine hervorragende Baumschule geben. Wir könnten noch etwas Blühendes im Vorgarten gebrauchen." Omas neues Hobby war längst geboren.

„Ich bin bis Spätnachmittag in der Universität. Die Vorbereitungen für meine Richard-Wagner-Vorlesung dauern länger, als ich dachte. Hast du um halb acht nicht Chorprobe, Anna?" Vater kannte sich anscheinend gut mit den Plänen seiner Familie aus.

„Ach Gott ja, du hast recht. Das hätte ich beinahe ganz und gar vergessen! Dann koche ich morgen Mittag nicht. Amelie ist sowieso bei ihrer neuen Freundin, und du, Ben, kannst mit mir kommen."

Ben dachte kurz über den Dachboden und die Stimmgabel nach. „Sei mir nicht böse, Oma. Aber ich glaube, Pflanzen sind eher *dein* Ding. Ich erkunde lieber die Stadt. Jetzt, wo ich wieder spreche …"

Großmutter nickte. „Prima, das wäre ja dann geklärt. Jeder in der Familie ist versorgt. Aber zum gemeinsamen Abendessen um achtzehn Uhr treffen wir uns alle wieder hier."

Sie fassten sich an den Händen und sprachen im Takt: „Ge-seg-ne-te Mahl-zeit!"

Während Ben freiwillig die Teller und Gläser zusammenräumte, raunte ihm seine Mutter ins rechte Ohr: „Schön, dass du wieder sprichst, mein Liebling. Deine Auszeit war aber ziemlich lang!" Dann drückte sie ihm einen Kuss auf die Wange.

Ben grinste sie an und dachte gleichzeitig darüber nach, was für eine tolle Mutter er doch hatte. Und während er die Teller und Gläser auf ein Tablett stapelte, raunte ihm sein Vater ins linke Ohr: „Gott sei Dank sprichst du wieder, mein Junge. Ich habe mir solche Vorwürfe gemacht!" Dann drückte er seinem Sohn einen Kuss auf die andere Wange. Ben grinste ihn an und dachte gleichzeitig darüber nach, was für einen tollen Vater er doch hatte.

Oma und er aber schauten sich einfach tief in die Augen, nachdem er das Tablett auf dem Küchentisch abgestellt hatte und umarmten sich ganz fest. Mit einem gerührten: „Du bist mir so einer!", gab sie ihrem Enkel einen Klaps auf den Po und schob ihn sachte aus der Küche.

Vielleicht sollte ich doch noch mal auf den Speicher klettern, dachte Ben. Versprochen hab ich es ja. Nur schade, dass die Hirnis nicht mehr mit mir reden, dann wäre ich nicht so alleine da oben. Er kaute nachdenklich auf seiner Unterlippe herum, während er registrierte, dass sein Vater die Nachrichten sah, seine Mutter daneben saß und strickte und Oma sich mit ihrem neuen Gartenmagazin in ihr Zimmer zurückgezogen hatte.

Er schlich sich heimlich in die Küche, holte eine Scheibe Weißbrot, die er mit Erdnussbutter bestrich, wickelte sie in Küchenpapier, nahm eine Dose Limo aus dem Kühlschrank und kletterte leise, langsam und unbemerkt die Stiege zum Dachboden hinauf.

„Hi, Forky, ich bin es. Hast du Hunger?", flüsterte Ben, kaum oben angekommen, in Richtung Truhe.

„Wenn ich nach all den langen Jahren etwas essen soll, musst du schon den Deckel öffnen!" Unheimlich dumpf drangen die Worte durch das Truhenholz. „Was gibt es denn?"

„Erdnussbutter auf Weißbrot. Ist gut gegen eine raue Stimme, sagt Dad immer." Er hob den Truhendeckel an und reichte Forky das Brot. „Allerdings schmiere ich mir normalerweise immer noch eine Portion Erdbeermarmelade drauf. Aber das hätte jetzt zu sehr gekleckert."

„Eigentlich laberst du ja recht viel, wenn du laberst", meinte Forky und bohrte nun doch mit einem Silberfinger in die Erdnussbutter, um gleich danach genüsslich daran herumzuschlecken. „Es muss dir schwergefallen sein zu schweigen!"
Ben errötete leicht. Das alte Metall kam ziemlich streng rüber. Frühere Generation eben.
„Mmmh, lecker! Jetzt benötige ich auf jeden Fall ein Glas Wasser, um meine Zähne zu putzen", informierte sie Ben, während sie eine silberne Zahnpastatube aus der Truhe kramte, auf der *Argentum-Dental* stand. „Meine Zähne sind solch gehaltvolles Essen überhaupt nicht gewöhnt!"
Ben öffnete die Tube vorsichtig und schmierte sich einen erbsengroßen Klacks auf seinen Zeigefinger, der sofort anfing, silbrig zu glänzen. „Stark!", rief er anerkennend. „Zahncreme mit Silberstaub. Das wäre cool für Zahnspangenträger!"
„Interessierst du dich eigentlich für Komponisten, Ben-Edward?", fragte Forky ihn nach einem kleinen Verdauungsrülpser.
„Keine Ahnung", meinte der nur und zuckte ein wenig unschlüssig die Schultern.
Forky schüttelte unwirsch ihren Metallkopf. „Was heißt hier keine Ahnung! Du musst doch wissen, ob du dich für klassische Musik und ihre

Schöpfer interessierst oder nicht!"
„Na ja ..." Ben zögerte. „Du lachst mich aber nicht aus, wenn ich dir sage, dass ich Vivaldi ganz gut finde ... oder?"
„Wieso denn auslachen? Der ist doch kein Witz oder etwas zum Schämen!"
„Doch. In meinem Alter schon. Da hört man eher Pop und Charts."
Forky blinzelte irritiert. „Wie jetzt? Willst du etwa behaupten, dass es fast keine Kinder mehr gibt, die ein Instrument lernen oder in die Oper und ins Konzert gehen?"
„Nee, wozu denn? Wir haben ja jetzt Fernsehen und MP3-Player und iPods. Ja, und YouTube im Internet und Facebook. Das haben wir auch!"
Forky schüttelte sich entsetzt: „Das ist doch nicht dasselbe! Dieser moderne Schnickschnack, von dem ich ab und zu mal in einer der Zeitungen hier gelesen habe, kann einem Musikliebhaber doch sicher nicht das gleiche Erleben bieten, wie ein Live-Konzert das schafft."
„Mir reichen schon Dads Erzählungen beim sonntäglichen Spaziergang über Bach und Beethoven, oder wie die sonst noch heißen", entgegnete Ben energisch. Fehlte ja noch, dass ihn die Stimmgabel jetzt in klassischer Musik unterrichten wollte. Er wusste schon ein wirksames Mittel dagegen: einfach Klappe zu und Truhe in die Ecke schieben!

„Bevor du mich jetzt wieder in meiner Truhe versenkst, will ich dir ein Geheimnis anvertrauen, das du aber niemandem erzählen darfst." Die gedankenlesende Stimmgabel hüpfte mit einem Schwung auf Ben-Edwards rechte Schulter und flüsterte ihm in das dazugehörige Ohr hinein: „Du könntest den alten Vivaldi höchstpersönlich treffen. Mit mir zusammen. In Venedig. Und hier in Graz. Wäre das nicht irre?"
Ben schnaubte verächtlich durch die Nase: „Blödsinn. Das geht doch gar nicht. Der Kerl ist schon seit über zweihundertsiebzig Jahren tot! So steht es jedenfalls auf der *Vier Jahreszeiten*-CD, die Dad immer hört. Das einzig Irre an der Sache bist wohl du selbst!"
„Und ich sage dir, es geht. Alles nur eine Frage der Magie!" Forky blitzte verschmitzt, während sie mit einem Silberarm Richtung Himmel zeigte, um ihn gleich darauf mit einem brummenden *a*-Geräusch wie ein Flugzeug im Steilflug in den staubigen Fußboden des Speichers zu bohren. „Besitzt ihr noch einen Plattenspieler?"
Ben kräuselte die Stirn. „Du meinst dieses Gerät, auf dem man die Scheiben abspielt, die aussehen wie riesige Lakritzschnecken?"
Forky tanzte beschwingt hin und her. „Genau die meine ich. Habt ihr oder habt ihr nicht?"
„Ja, die hütet mein Vater wie seine Augäpfel. Er spricht mit ihnen und nennt sie zärtlich meine

‚seltenen Schätze'." Ben ahmte seinen Dad nach, indem er die Hosenbeine etwas anhob und seine Stimme verstellte.
Die Stimmgabel krümmte sich vor Lachen, was den reinsten Klangwirrwarr verursachte. „Prima! Du stellst also einfach den Plattenspieler deines Vaters an, wir hüpfen auf eine Vivaldi-Schallplatte und los geht das Abenteuer!" Sie klatschte begeistert in ihre Silberhände.
Ben aber schnaubte schon wieder. „Wie soll das denn gehen?! Wir beide auf einer zerbrechlichen Schallplatte, auf Vaters gutem Plattenspieler ... Du spinnst!"
„Kein Problem! Du musst mich nur so schnell wie einen Kreisel wirbeln. Dadurch schrumpfen wir auf Staubkorngröße zusammen und hüpfen sofort auf die laufende Platte. Mit dreiunddreißig Drehungen pro Minute nach Venedig, das ergibt eine Reisezeit von – Moment ... vierzig Sekunden! So easy geht das." Die Stimmgabel grinste Ben an, der verständnislos fragte: „Wieso vierzig Sekunden?"
„Weil Graz zweiundzwanzig Schallplattenumdrehungen von Venedig entfernt ist, du Schlaukopf! Wir könnten auch das Grammophon hier benutzen. Aber ich glaube nicht, dass ihr eine Schellack-Aufnahme von Vivaldi besitzt."
Schellack? Das Wort hatte er vor Kurzem auf Amelies rosafarbenem Nagellack gelesen. „Nee.

Mit einer Nagellackflasche finde ich doof. Dann nehmen wir lieber den alten Plattenspieler", gab Ben zu bedenken. Im gleichen Augenblick schüttelte er den Kopf über sich selbst. Staubkorngröße? Schallplattenumdrehungen? Glaubte er etwa wirklich, was Forky da erzählte? Andererseits – die Stimmgabel konnte sprechen. Und nicht nur das. Sie konnte sogar Gedankenlesen und Erdnussbrote verputzen! Vielleicht war also doch was dran an dieser Sache mit der Reise …
Bist du jetzt vollkommen durchgeknallt, Ben-Edward Picks?, schimpfte er sich selbst. Sicher war sein Realitätssinn während der langen Zeit des Schweigens geschrumpft, und er litt unter übelsten Halluzinationen. Solche, die man bekommt, wenn man Giftpilze isst.
„Meine Güte, du nichts wissender Junge", stöhnte Forky. „Aus Schellack wurden ganz früher die Schallplatten hergestellt. Pfff … mit einer Nagellackflasche reisen … wer kommt denn auf so eine Idee!" Sie tippte sich an die Stirn. „Aber was ist jetzt?", quengelte sie weiter und dachte gleichzeitig dabei, dass Ben-Edward Picks doch wirklich eine ziemlich harte Nuss war.
Ben neigte den Kopf leicht zur Seite. Verlockend war es ja schon, nach Venedig zu reisen und dort Antonio Vivaldi zu treffen. Er kaute und knabberte an seiner armen Unterlippe, was das Zeug hielt. Aber es war auch unglaublich. So unglaub-

lich, dass er eigentlich gar nicht daran glaubte. Doch er wollte kein Spielverderber sein. Die arme alte Stimmgabel erzählte wahrscheinlich nur Blödsinn, um einfach mal etwas anderes als die verstaubte Truhe zu sehen.

„Wann würden wir denn los?", fragte er zögernd und ignorierte geflissentlich Forkys grimmig-ungeduldigen Gesichtsausdruck. „Zum Abendbrot um sechs müsste ich nämlich wieder hier sein."

„Kein Problem, so zwischen sieben und acht morgen früh."

Ben seufzte stumm. Das hier war verrückt. Vollkommen verrückt. Aber er hatte bei der Sache ja nichts zu verlieren.

Oder?

„Also gut, ich hole dich morgen früh um halb acht ab", sagte er schließlich. „Dann nehme ich dich mit in unser Wohnzimmer und halte dich in die Sonne. Das tut dir bestimmt gut und bringt deine wirren Gedanken wieder in Ordnung!" Er gab der Stimmgabel einen kumpelhaften Schubs, bevor er sie mitsamt ihrer Silberzahnpasta zurück in die Truhe legte.

„Prima. Bis morgen dann. Und vergiss das Glas Wasser nicht!", verabschiedete sich Forky von ihm.

Als Ben-Edward eine Stunde später selbst im

Bett lag, wurde ihm mulmig zumute. Hatte er sich wirklich mit einer Stimmgabel verabredet? Um mit ihr nach Venedig zu reisen? Auf einer Schallplatte? Er war sich immer sicherer, dass das lange Schweigen seinen Gehirnzellen geschadet hatte. Ja, so musste es sein! Bestimmt würde er morgen früh auf dem Dachboden nichts weiter vorfinden als eine verstaubte alte Truhe, in der eine verstaubte alte Stimmgabel lag.

Mit diesem Gedanken schlief Ben-Edward schließlich ein. Hätte er allerdings noch einmal seine Ohren gespitzt und in Richtung Dachboden gelauscht, hätte er von dort mit Sicherheit ein leises, vergnügtes Glucksen gehört.

„Du wirst dich noch wundern, Freundchen!"

Forky kicherte und schloss zufrieden die Augen. Die Reise nach Venedig würde bestimmt ein großes Abenteuer werden – wenngleich sie nicht ganz ohne Gefahren war ...

3. Kapitel

oder der Trick, mit dem billigsten aller Billigflieger bequem nach Venedig zu reisen

Am nächsten Morgen erwachte Ben-Edward von selbst, und zwar bereits um halb sieben. Sein Magen grummelte wie vor einer Mathearbeit, und er begab sich mit einem Comic-Heft auf das Häuserl. Was war das nur für ein verrückter Traum gewesen! Eine sprechende Stimmgabel, oben auf dem Dachboden … Aber irgendwie hatte der Traum real gewirkt. Verdammt real, um genau zu sein. So real, dass Ben beschloss, gleich nach dem Frühstück nach oben zu gehen und nachzuschauen.

Zuvor duschte er aber noch und wusch sich die Haare. Am Ende hatte er die ganze Sache doch nicht geträumt. Und wenn das der Fall war, dann konnte es durchaus sein, dass er heute Vivaldi traf. Die mögliche Begegnung mit diesem Komponisten war ihm frisch geduscht lieber. Außerdem wählte er Tennissocken ohne Löcher und sein Lieblingskapuzensweatshirt mit NBA-Emblem und Dirk Nowitzki drauf. Damit fühlte er sich stark und gut gerüstet, denn Basketball war bekanntlich seine Lieblingssportart. Er huschte in die Küche und füllte eine Schale randvoll mit Cornflakes und Milch, die er schnell verschlang. Bevor Mama oder Oma ihn treffen konnten, war er schon auf den Dachboden geschlichen.

Oben angekommen, räusperte Ben sich. „Guten Morgen, Forky", krächzte er. Das Herz schlug ihm bis zum Hals, während er auf eine Antwort wartete.

Und tatsächlich. Aus der alten Truhe erklang erst ein leises Rascheln, dann ein ungeduldiges Poltern. Aus Angst, dass der Lärm irgendjemanden im Haus wecken könnte, huschte Ben zur Truhe und klappte sie auf. Das Ganze war also kein Traum gewesen! Es gab Forky wirklich. „Entschuldige, dass ich ein bisschen zu früh bin", begrüßte er die Stimmgabel. „Aber dafür habe ich dir ein Marmeladenbrötchen und ein Glas Wasser fürs Zähneputzen mitgebracht."

„Natürlich gibt es mich wirklich!", empörte sich Forky gedankenlesend und hüpfte mit einem ausgeschlafenen Schwung von der Truhe direkt auf Bens linke Schulter, von wo aus sie ihm mit ihren Wimpern einen Morgengruß zuwinkte. „Das nächste Mal probiere ich zum Frühstück übrigens mal englischen Tee mit zwei Stückchen Kandis und einem Schuss karamellisierter Kondensmilch."

Ben schüttelte nur den Kopf und meinte: „Gütiger Himmel, wie vornehm! Bis gestern hast du Jahrhunderte lang gar nichts gegessen!"

„Na ja, mir ging es eben wie einem Igel im Winterschlaf", trällerte sie fröhlich. „Oder einem Bären. Aber was nicht war, kann ja noch werden, stimmts?" Dann hüpfte sie aufgeregt von der Schulter auf den Boden, sodass eine Staubwolke aufgewirbelt wurde, die bei Ben gleich wieder einen Niesreiz auslöste.

„Hast du heute schon Zähne geputzt?", wollte sie mit strenger Stimme wissen.

„Mist und sorry! Vergessen!" Ben schaute verlegen auf den Boden und wusste, dass Forky in diesem Moment in seinen Gedanken las: Als ob Zähneputzen so wichtig wäre …

„Komm du nur erst einmal in mein Alter", gab sie dann auch prompt seinen Gedanken zur Antwort. „Aber egal." Sie quetschte sich einen Klacks Zahnsilbercreme auf den Zeigefinger, rieb sich damit die Zähne ein und spülte mit Wasser nach. „Wir müssen jetzt allmählich besprechen, wie wir vorgehen. Also, hör mir genau zu. Komm, setz dich zu mir!" Beide nahmen auf einem alten, vermoderten Schaukelstuhl Platz, dessen abgewetzter Stoffbezug bessere Tage nur erahnen ließ.

„Als Erstes müssen wir versuchen, mit dem Komponisten Kontakt aufzunehmen. Das heißt, du klopfst mit mir dreimal auf die Vivaldi-Platte, mit der wir reisen werden. Während du klopfst, sagst du dreimal: ‚Antonio Vivaldi, ich rufe dich nach Venedig'!"

„So ein Unsinn!", meinte Ben-Edward, „Das soll ich dir glauben?"

Die Stimmgabel funkelte silberner als sonst in seine Richtung. „Jetzt hör mir mal gut zu, Ben-Edward Picks: Entweder du entscheidest dich sofort endgültig für unser Unternehmen und lässt sämtliche Zweifel fallen – und zwar für immer – oder wir blasen das Ganze ab und du verschwindest von meinem Dachboden. Aber dann gibt es kein Zurück mehr – ohne Gnade!"

Ben schluckte nur und sagte: „Welche Platte soll ich auflegen?"

Forky blitzte schnell wieder vergnügt und meinte: „Es muss eine italienische sein, damit wir in Venedig die Sprache verstehen!"

„Okay, dann los!" Nachdem Ben die letzten Zweifel mit aller Kraft beiseitegeschoben hatte, steckte er die Stimmgabel in die Hosentasche seiner Jeans, schaute sich noch einmal wehmütig auf dem Speicher um – wer weiß, ob er ihn jemals wiedersah – und wollte gerade die Treppen hinabsteigen, als ein unruhiges Gezappel in seiner Tasche ihn innehalten ließ.

„Halt! Mein Silberpuder und meine Zahnpasta! Ich reise niemals ohne Pflegeartikel." Schnell sprang Forky aus Bens Hosentasche, sammelte die Tube mit der Zahnsilberpasta und eine ganz

winzig kleine Perlmuttdose mit feinstem Silberstaub vom Boden auf und ließ sich sodann schnell wieder mitsamt ihrer Pflegeartikel ins Dunkel der Jeans hinabgleiten.
Gerade, während sie heimlich Richtung Plattenspieler schlichen, wurden sie von einem fröhlichen „Ben-Edward-Herz, du schon wach? Das ist ja eine Überraschung. Soll ich dir Müsli machen?" erschreckt. Seine Mutter stand mit breitem Grinsen und dem Staubsauger in der Hand vor ihm.
„Danke, hab schon gefrühstückt. Äh, ich wollte eben mal ins Wohnzimmer und Musik hören …"
„Ja, mach das. Ich muss da aber gleich mal durchsaugen."
Das hatte gerade noch gefehlt! In Windeseile huschte Ben ins Wohnzimmer und öffnete den Schallplattenschrank. Er war froh, dass sein Vater so altmodisch war und mehr Schallplatten als CDs besaß. Und – dass sie alphabetisch geordnet waren! So musste er nicht lange suchen, bis er das *Gloria* von Vivaldi in Händen hielt. In italienischer Sprache!
„Kennst du das?", flüsterte er Forky in der Hosentasche zu.
„Natürlich! Ein tolles Werk. Allerdings müssen wir ein schnelles Stück daraus wählen, sonst kommen wir zu spät."
„Wieso zu spät? Haben wir ein Zeitproblem?"

„Wenn wir starten, startet Vivaldi auch, er hat aber nur vierzig Stunden Gesamtaufenthalt, danach muss er wieder zurück nach oben", erklärte Forky. „Wenn er das nicht schafft, dann …"
„Ja? Was dann?"
„Dann müssen wir statt ihm reisen."
Ben runzelte die Stirn. Dann kicherte er. „Wohin, nach Mallorca?"
„Nee, zu ihm nach Hause." Die Stimmgabel räusperte sich und zeigte in Richtung Himmel. „Und zwar für immer …"
„Spinnst du? Und wenn irgendetwas schief geht? Sein Flug Verspätung hat oder er vom Klo nicht runterkommt, weil er das Essen hier bei uns nicht verträgt? Was ist dann?"
„Hast du mich gerufen, Ben?", fragte Mama.
„Nein", rief der, während er die Stimmgabel fest in seiner Hand hielt und ihr scharf auf den Silberkopf blickte.
„Ein gewisses Restrisiko besteht immer", murmelte Forky und wand sich geschickt aus der Umklammerung. „Und jetzt beeil dich, bevor deine Mutter kommt! Also, der Reihe nach! Erstens: Platte auflegen. Zweitens: Schnelles Stück auswählen. Allegro. Am besten die Nummer drei, *Laudamus te*. Drittens: Dreimal mit mir auf die drehende Platte klopfen und dazu sagen: ‚Antonio Vivaldi, ich rufe dich nach Venedig'.

Viertens: Du stellst mich auf den Kopf, drehst mich schnell wie einen Kreisel. In dem Moment schrumpfen wir zu einem Staubkorn zusammen, hüpfen auf die Plattenrillen und werden mit einer Reisezeit von vierzig Sekunden nach Venedig gedreht. So einfach ist das!"
Forky hüpfte schon jetzt vor Aufregung und ihr Wimpernklimpern nahm rasante Ausmaße an.
„Du darfst dir nur nicht zu viel Zeit lassen. Das *Laudamus te* ist nicht sehr lang."
Von wegen „so einfach ist das". Wenn er das seinen Freunden erzählen würde … oder Odette … Ob sie ihm glauben würde, beziehungsweise ob er sie jemals wieder sehen würde? Auf was ließ er sich da nur ein …?
„Du sollst jetzt nicht an Odette oder mir zweifeln, sondern handeln!" Die Stimmgabel funkelte wieder einmal gefährlich.
„Ist ja schon gut", murrte Ben, während er überlegte, ob er für alle Fälle noch mal das Häuserl besuchen sollte. Zögernd nestelte er die Platte aus der Hülle, legte sie behutsam auf den Plattenteller und wollte gerade mit Forky dreimal klopfen, da schrie die: „Du musst den Apparat erst einschalten, ohne Bewegung läuft nichts!"
Ben zuckte zusammen, drückte aber gehorsam den An-Knopf.
„So, und nun klopfen und sprechen, schnell!"
Ben tat, wie ihm befohlen wurde. Klopf-Klirr-

Klopf. „Au, nicht so heftig, du tust mir ja weh!",
protestierte Forky.
„Stell dich nicht so an, Mensch, äh … Stimmgabel." Nachdem Ben das letzte Mal geklopft und
„Antonio Vivaldi, ich rufe dich nach Venedig!"
gesagt hatte, flötete Forky: „Gute Reise, Maestro"
und schließlich: „Gut gemacht, Ben-Edward
Picks! Beeil dich! Jetzt auf Nummer drei stellen
und los gehts mit dem Kreiseln."
Ben wurde richtig schlecht. Viel schlimmer als
bei Mathe-, Latein- oder sonst irgendwelchen
Schularbeiten. Mit zitternden Händen packte er
Forky und stellte sie auf den Silberkopf. Dann
atmete er einmal tief ein, betete ein Stoßgebet
und begann, die Stimmgabel schwungvoll im
Kreis zu drehen.
Sobald Forky vor seinen Augen wirbelte, fühlte
er sich immer schwächer und kleiner. Es war
so, als würde sich seine ganze Haut zusammenziehen und seine Eingeweide zerquetschen. Sein
Atem wurde auch immer schneller, er hörte
von Ferne den Gesang zweier Frauenstimmen,
die immer rasanter sangen, im gleichen Tempo,
wie er schrumpfte. Die Stimmgabel konnte er
mittlerweile nur noch als kleinen Silberpunkt
erkennen, sich selbst gar nicht mehr, während
er an sich herunterschaute. Ganz schwindelig
wurde ihm, seine Ohren sausten und sein Herz
raste.

„Hurra", piepste Forky, „wir sind auf Staubkorngröße geschrumpft, jetzt schnell aufspringen, los! Oh nein, das darf doch nicht wahr sein!"
Als Ben die weit aufgerissenen Augen der Stimmgabel sah, warf er rasch einen Blick über seine Schulter – und entdeckte seine Mutter, die mit Riesenschritten und Hausputzschwung in das Wohnzimmer kam und den saugenden Staubsauger hinter sich herzog.
„Ben-Edward, wo bist du? Du hast den Plattenspieler angelassen!", rief sie ärgerlich.
„Ich komme gleich zurück", antwortete er kläglich, denn seine Stimme klang klein und mickrig wie seine Staubkornfigur. Als das Gebläse des Ungetüms immer näher kam, klammerten er und Forky sich fest aneinander. „Verdammt, Forky, sie saugt uns ein. Was machen wir denn jetzt?"
„Du musst springen!", rief die Stimmgabel ihm zu.
Doch so sehr Ben auch versuchte, sich von der Stelle zu bewegen, seine Beine wollten einfach nicht, wie er wollte. „Ich schaffe das nicht, ich habe keine Kraft!"
Der Sauger kam näher und näher, das *Laudamus te* näherte sich dem Ende.
„Hier ist aber auch ein Staub! Elektrogeräte ziehen Schmutz förmlich an", murmelte seine Mutter, während sie die Bürste von der Teleskop-

stange löste und in alter Gewohnheit eine blonde Korkenzieherlocke aus ihrem Gesicht blies. Der Sog wurde jetzt noch kräftiger und wirbelte im Umkreis von zwei Metern so ziemlich alles auf, was nicht bei drei auf der Schallplatte war.

„Forky, ich schaffe es nicht, wir werden elendig im Staubbeutel sterben. Zusammen mit Milben und krabbelnden Spinnen! Warum muss ich bloß als Staubkorn enden?", schluchzte Ben.

„Hör auf zu heulen, nimm alle Kraft zusammen und spring mit mir. Hopp: eins, zwei, drei!"

Bei dem Wort *drei* schaltete Bens Mutter plötzlich die Maschine ab. Oma hatte aus der Küche gerufen und gefragt, wo eine neue Packung Kaffeefilter sei.

Mit letzter Kraft und jeder Menge Mut hüpften Ben-Edward und die Stimmgabel bei Takt 91 des *Laudamus te* auf die Schallplatte und ließen sich mit schwindelerregender Geschwindigkeit, die ihnen fast den Atem raubte, durch einen dichten Staubnebel hindurch ins Venedig des achtzehnten Jahrhunderts drehen.

Henriette Picks aber saugte das Wohnzimmer zu Ende und stellte den Plattenspieler ab. Sie war sauer, dass sie mal wieder hinter Ben-Edward herräumen musste. Andererseits war sie froh, dass er überhaupt Klassik hörte. Sie schaute auf die Uhr, es war fünf nach acht, und machte sich gut gelaunt aus dem Staub.

4. Kapitel

oder warum im Jahre 1711 der Karneval in Venedig auf den Monat September fiel

Durch die wahnsinnigen Umdrehungen während der Zeitreise hatten beide vorübergehend das Bewusstsein verloren.

Als sie wieder erwachten, fanden sie sich auf einem harten, unbequemen Steinboden wieder. Forky strich sich ihre zerzausten Wimpern in Schwung und Ben-Edward rieb sich die Augen. Ein schwüler Dunst schlug ihnen entgegen, der nicht gerade nach Veilchen roch.

„Oh Mann. Was war das denn? Mein Kopf dröhnt!" Ben schaute sich suchend nach der Stimmgabel um, die auf seinem Bauch gelandet war. Erst jetzt wurde ihm bewusst, dass er Italienisch sprach. „Das ist ja irre. Das machen wir jetzt vor jedem Schultest so", rief er begeistert. „Ich wähle als Zweitsprache im neuen Schuljahr Italienisch!"

„Unsinn", antwortete Forky. „Lass uns lieber den Maestro Vivaldi finden. Der muss ebenfalls hier irgendwo gelandet sein." Sie hüpfte silbrig blitzend und *a*-singend in der warmen Morgensonne Venedigs auf und ab.

Erst ganz allmählich nahm Ben wahr, dass der harte, unbequeme Steinboden auf dem er hockte, Teil eines großen Platzes war, an dessen Rändern sich beeindruckende Gebäude in der Sonne aalten. Lang gestreckte Häuserzeilen mit Rundbögen und Arkaden, zwischen denen laut gestikulierende Menschen teils flanierten teils hasteten, zierten diesen Platz ebenso wie eine unglaublich prunkvolle Basilika, deren Mauerweiß und goldene Rundkuppeln ihn fast blendeten. Und er, Ben-Edward Picks, hockte mit einer sprechenden und sich pudernden Stimmgabel mittendrin. Mittendrin in Venedig um – wie viel Uhr war es eigentlich? Er blickte auf sein linkes Handgelenk. Verdammt, die Zeit war stehen geblieben. Die Zeiger wiesen auf zwei Minuten nach acht.

„Meine Uhr ist stehen geblieben, Forky. Wie spät ist es?"

„Zwei Minuten nach acht", antwortete die und zeigte, während sie ihre Puderdose wieder einsteckte, auf einen mächtigen Uhrturm, der sich groß und schlank aus der Menge der übrigen Gebäude abhob. „Aber zwei nach acht im Jahre 1711!"

„Wie, 1711? Wir sind im Venedig von 1711 gelandet?" Stirnrunzelnd betrachtete er die Passanten, die in einiger Entfernung vorübereilten. Dann sah er an sich herunter – und stellte fest,

dass er nicht gerade zeitgemäß gekleidet war.
„Ja, um genau zu sein: Gerade ist es drei Minuten nach acht in der Frühe des dritten September 1711. Wir befinden uns auf der Piazza San Marco mit Blick auf den Torre dell´Orologio und suchen Maestro Antonio Vivaldi." Die Stimmgabel schnalzte vergnügt mit der Zunge. Hach, sie liebte verdutzte Gesichter! „Und, habe ich dir zu viel versprochen?", neckte sie Ben-Edward, der momentan wirklich nicht mit einem intelligenten Gesichtsausdruck dienen konnte.
Doch mindestens genauso verdutzt beäugten die vorbeilaufenden Venezianer Ben selbst in seinem ... Kostüm.
Er genierte sich richtig mit dem Dirk Nowitzki auf der Brust und den Sneakers an den Füßen. Was sollten die Menschen hier nur von ihm denken?
„Lass uns mal in ein Geschäft gehen und andere Klamotten holen", brummte er. „Ich setze mich doch nicht dem Gespött der antiquierten Venezianer aus!"
„Damit müssen wir warten, bis Vivaldi kommt. Ich habe kein Geld dabei", gab Forky zur Antwort, während sie sich weiter auf der Piazza umschaute. Hoffentlich war die Reise des Maestros nicht schief gelaufen.
Plötzlich fühlte Ben große Aufregung in sich aufsteigen. Gleich würde er dem großen Antonio

Vivaldi, dem gefeierten und viel gerühmten Komponisten, gegenüberstehen. In Gedanken überlegte er, wie er dem Maestro angemessen entgegentreten sollte. Mit Handkuss oder ohne? Oder besser mit einer huldigenden Geste? Schade, dass seine Hirnbewohner nicht mehr mit ihm sprachen. Sie hätten bestimmt einen guten Tipp für ihn gehabt.
„Vivaldi wurde doch 1678 geboren, oder, Forky?"
Die nickte glänzend in einen Sonnenstrahl hinein. Ben rechnete nach. „Demnach wäre er dann heute ... dreiunddreißig Jahre alt?"
Forky schüttelte ihren frisch gepuderten Silberkopf. „Er ist mit dreiundsechzig Jahren gestorben und er ist auch heute dreiundsechzig Jahre alt. Sein Alter ist quasi stehen geblieben. Wir alle behalten bei diesem Ausflug unser tatsächliches Alter. Sonst wärst du ja noch gar nicht geboren und ich ein kleiner Säugling!"
Ben erschien das logisch, obwohl diese ganze Italienreise im Grunde genommen vollkommen unlogisch war.
Forky drehte ihre langen Wimpern zu spiralnudelähnlichen Gebilden. „Noch etwas solltest du wissen, Ben-Edward: Wenn wir gleich den Maestro treffen, dann darfst du ihn keinesfalls mit Fragen aus seiner Vergangenheit oder seinem Dasein im Himmel löchern, hörst du? Auf gar keinen Fall!"

„Aber wieso denn?", fragte Ben aufgebracht. „Das wäre doch toll! Stell dir nur mal vor, wir könnten ihn fragen, was er am liebsten zum Nachtisch gegessen hat oder wie oft er in seinem Leben verliebt war!"

„Tja." Forky ließ ihre armen Wimpern, die sich langsam wieder entnudelten, los und meinte ganz ruhig: „Oberstes Gesetz unserer kleinen Zeitreise ist es nun mal, dass Vivaldi sich nur an das erinnern darf, was uns an Wissen über seine Person und Zeit überliefert wurde. Erinnert er sich an Dinge, die wir noch nicht kennen, oder tratscht und klatscht er über Verstorbene, dann müssen wir auch …". Sie rollte ihre Augen vielsagend gen Himmel. „Das ist die Regel. Und dafür bleibt er …" Nun rollte sie ihre Augen gen Boden.

„Waaas?", quiekte Ben empört. „Du hast mir nur gesagt, wenn er die vierzig Stunden Aufenthaltsgenehmigung überschreitet, dann müssen wir …" Jetzt rollte Ben unheilvoll mit den Augen. „Warum hast du mir das mit der Erinnerungsklausel verschwiegen?! Ich wäre niemals …"

„Eben drum", unterbrach Forky ihn ungerührt.

Ben war stinksauer. „Vierzig-Stunden-Überschreitung und Erinnerungsverbot und keine Live-Berichte aus dem Himmel? Das Risiko ist mir zu groß und die Infos sind zu mager! Bring mich sofort wieder heim!" Er stampfte auf den

Steinfußboden wie ein trotziges Kleinkind, das an der Supermarktkasse kein Überraschungsei bekommt.

„Was stehet der Knabe hier mit merkwürdigem Gewande sowie Klumpen an den Füßen und stampfet unentwegt auf den Boden des Markusplatzes, Platzes, jawohl?"

Mit einem überraschten Schwung drehten Ben-Edward und die Stimmgabel sich gleichzeitig um.

Hinter ihnen stand eine Gestalt, die – obwohl etwas demoliert – doch eine gewisse Eleganz ausstrahlte. Dünn und leicht nach vorne gebeugt, steckten ihre weiß bestrumpften Beine in abgetragenen schwarzen Schnabelschuhen, die mit einer mattsilbrigen Schnalle verziert waren. Eingehüllt wurde diese Gestalt von blauer Seide, geschneidert als ein Paar Kniebundhosen und einer knappen, auf Taille geschnittenen Jacke. War die linke Hand auf einen eleganten Gehstock mit Elfenbeingriff in Form eines Gänsekopfes gestützt, so wedelte in der rechten Hand ein Spitzentaschentuch, das einen Hauch von Lavendelduft verströmte.

Aus einem schmuddeligen weißen Rüschenkragen reckte sich ein dürrer Hals, dessen Hautfalte unter dem Kinn darauf schließen ließ, dass diese in jüngeren Tagen ein Doppelkinn gewesen sein musste. Das Gesicht zu dem

Hals war zwar faltig, strahlte aber dennoch in vornehmer Blässe. Über dem leicht abschätzig verzogenen Mund, um den kurze Bartstoppeln verstreut waren, breitete sich ein Haken als Nase aus. Die Löcher dazu waren riesig und warfen in der venezianischen Morgensonne ovale Schatten auf die Wangen des Mannes.
Die Augen – ein Farbpotpourri aus wässrigem Blau, Grün und Grau – blickten in einer Mischung aus Spott, Erstaunen und freundlicher Neugier auf Ben und die Stimmgabel. Fast erdrückt wurden sie von buschigen Brauen, die an eine Mondsichel erinnerten. Über alldem leuchteten dünne, halblange Haare in Feuerrot, mit weißen Fäden durchzogen, vom Kopf dieser Gestalt, die sich Ben-Edward in gepflegtem italienischem Singsang vorstellte: „Gestatten, Maestro Antonio Lucio Vivaldi mein Name! Angenehm, äußerst angenehm, jawohl!"
Wie bitte? Das sollte Antonio Vivaldi sein? Der viel gepriesene und berühmte Komponist? Sein Lieblingskomponist? Ben traute seinen Augen nicht. So alt und faltig?!
„Sei in Gedanken nicht so respektlos, Ben-Edward Picks! Aber ich nehme an, du hast es dir mit der überstürzten Heimreise nun doch anders überlegt?" Mit einem eleganten Schwung hüpfte Forky auf den Gänsekopf des Spazierstockes, machte eine halbe Drehung, die aussah

wie ein Hofknicks, und flötete charmant auf *a*: „Maestro Vivaldi! Es ist uns eine Ehre, Sie hier auf dem Markusplatz zu Venedig am Samstag, den dritten September des Jahres 1711 begrüßen zu dürfen! Darf ich mich Ihnen vorstellen? Mein Name ist Miss Pitch Fork. Für meine Freunde jedoch, zu denen ich Sie hoffentlich bald zählen darf, geehrter Maestro, kurz: Forky! Sie hatten eine angenehme Reise?"

„Nun, etwas rasant war sie, die Reise. Aber was denn, wie denn, wo denn! Eine sprechende Stimmgabel? 1711? Bin ich etwa im Karneval von Venedig gelandet?" Vivaldi rümpfte die Hakennase und runzelte die eh schon faltige Stirn.

„Sie sind meiner Einladung gefolgt, Herr Komponist. Schwuppdiwupp, in etwas mehr als hundertfünfzig Sekunden aus ihrer himmlischen Heimat hinein in das rege Treiben Venedigs im Jahre 1711." Die Stimmgabel rieb sich die Silberhände. Es bereitete ihr sichtlich Vergnügen, diese beiden Zeitreisenden zu betrachten.

Unfassbar. Ben hatte das Gefühl, er sei in einem der dicken Geschichtsbücher aus dem Arbeitszimmer seines Vaters gelandet.

„Hallo, mein Name ist Picks, Ben-Edward Picks", bemühte sich nun auch er, einen freundlichen Eindruck zu machen. „Ich bin ebenfalls von dieser Stimmgabel hierher verschleppt worden. Kidnapping, sozusagen." Unbeholfen streckte er Vivaldi die Hand entgegen. Der nahm sie mit spitzen Fingern und drückte sie nur ganz leicht, um sie gleich wieder loszulassen.

„Er könnte sich seine Hände waschen, bevor Er mich per Handschlag begrüßt!" Vivaldi wedelte mit dem lavendelgetränkten Taschentuch. „Aber Sein Italienisch ist perfetto! Wo kommt Er her?"

„Aus Deutschland, im Jahre 2011!", gab Ben schnippisch zur Antwort. „Boah ey, das muss ich echt nicht haben, nicht am frühen Morgen", raunte er Forky zu. „Komm, lass uns abhauen. Ich will wieder nach Hause!"

Die Stimmgabel lachte. „Kommt gar nicht infrage. Da müssen wir jetzt durch. Aber keine Sorge, den biegen wir uns schon zurecht. Schließlich haben wir von jetzt an vierzig Stunden das Vergnügen mit ihm."

Ben blickte auf den Torre, den Uhrenturm Venedigs. Das blaue Ziffernblatt war mit unzähligen glänzenden Sternen übersät. Umrandet wurde es von den zwölf Sternkreiszeichen, die wiederum von einem steinernen Kranz aus den eingemeißelten römischen Zahlen eins bis vierundzwanzig umschlossen wurden. Im hellen Morgenlicht glänzte dazu eine wunderbar geschmiedete goldene Sonne und zeigte Ben in diesem Moment, dass es bald neun Uhr werden würde.

Über der Stundenuhr thronte die Mutter Gottes

mit ihrem Kind und unter ihr wachte beschützend ein steinerner Löwe, aus dessen Rücken sich zwei große Flügel emporschwangen. Wäre es punkt neun gewesen, hätte Ben die riesige gusseiserne Glocke hören können, die zu jeder vollen Stunde von zwei mächtigen Bronzestatuen angeschlagen wurde.
Als Vivaldi mit seinem Gehstock energisch auf den Steinboden klopfte, zuckte Ben zusammen.
„Hätte bitte jemand die Güte mir zu erklären, warum ich hier bin? Noch dazu mit einer sprechenden Stimmgabel und einem merkwürdig gekleideten Jungen mit Schmutzrändern unter den Fingernägeln!" Antonio Vivaldi fuchtelte wilde Kreise durch die schwüle Morgenluft, während sein Atem leicht röchelte.
„Ihr Asthma, Maestro", ermahnte Forky ihn besorgt. „Wir sollten ein wenig in den Schatten gehen. Kommt!"
Sie dirigierte die beiden in eine kleine Gasse, die Calle Spadaria. Die gehörte zu einer der fünf Straßen, die zusammen das Gebiet Mercerie bildeten. Hier boten unzählige Händler ihre Waren feil: feinstes venezianisches Tuch aus Seide, Brokat oder Samt. Spitze in allen erdenklichen Farben. Glaskunst von der Insel Murano fand sich neben einer Sattlerei, die weiches Leder zu Taschen und Schuhen, grobes Leder zu Sätteln verarbeitete. Werkstätten, in denen veneziani-

sche Masken hergestellt wurden, reihten sich Wand an Wand neben schmale Häuser von Goldschmieden oder Seifenmachern. Über allem aber lag ein schwerer, süßlicher Geruch, eine Mischung aus frischem Obst und Gemüse sowie rohem Fleisch, Fisch und beißendem Schweißgeruch.

Während die drei sich einen Weg durch das Gewühl bahnten, vergaßen die Menschen für einen Moment ihr geschäftiges Treiben. Sie schauten Ben und Vivaldi kopfschüttelnd hinterher, bis einer rief: „Maestro Vivaldi, Prete Rosso! So früh schon auf den Beinen? Und dann zu Fuß und nicht mit Gondel oder Kutsche? Schlecht sehen Sie aus. Machen Sie lieber eine Pause!"

Vivaldi zuckte zusammen und blickte angestrengt zu Boden. Er murmelte etwas in den Ausschnitt seines Rüschenhemdes, fasste Ben-Edward am Arm und zerrte ihn hinter die Mauern einer Kirche, an welcher der Name San Zulian zu lesen war.

„Wieso nannte der dich gerade Prete Rosso?", wollte Ben wissen.

Antonio wedelte Lavendel, drehte seinen Spazierstock, grübelte und meinte: „Prete Rosso, roter Priester, wie war das noch mal? Ich kann mich gar nicht richtig erinnern …!"

„Das ist auch gut so, Maestro. Sollten Sie auch gar nicht in kleinsten Kleinigkeiten." Die Stimm-

gabel hüpfte *Himmel und Hölle* auf dem Kopfsteinpflaster, dass es nur so klirrte. „Was meint dieses Metallgebilde damit?", wollte Antonio von Ben wissen.
Der tauchte seinen Blick tief in das Wasserblaugrüngrau von Vivaldis Augen und raunte unheilvoll: „Maestro, es gibt drei wichtige Regeln, die Sie während Ihres vierzigstündigen Aufenthaltes hier auf Erden unbedingt einhalten sollten!" Ben versuchte, seiner Stimme eine unheilvolle Färbung zu verleihen: „Regel Nummer eins: Brett vorm Kopf. Regel Nummer zwei: keine himmlische Telenovela quatschen. Schließlich Regel Nummer drei: Ultimatum nach vierzig Stunden. Dabei nie vergessen: Wenn Sie auch nur gegen eine dieser Regeln verstoßen, dann …" Ben machte eine Kopf-ab-Bewegung mit seiner rechten Hand. Er schaute so grimmig drein, dass Vivaldis Knie vor Schreck einknickten.
Welch furchtbare Vorstellung! „Niemand hat mich gefragt, ob ich in hundertfünfzig Sekunden auf diese Erde wirbeln und euch merkwürdige Gestalten treffen möchte. Ich stelle fest: Nein, ich möchte nicht! Ich werde die vierzig Stunden keinesfalls ausnutzen und will sofort wieder nach oben segeln, sofort, jawohl!" Vivaldi war außer sich vor Wut und fuchtelte abermals wild mit seinem Spazierstock in der Luft herum.
„Sorry, Mr. Vivaldi", antwortete ihm die Stimm-

gabel und unterbrach ihr Gehüpfe. „Einmal hier, vierzig Stunden hier. Kürzer geht nicht, länger schon, dafür mit schrecklichen Folgen für uns alle. Mein Freund Ben-Edward Picks hat Sie ja soeben darüber aufgeklärt."
Ben fror während des Gespräches trotz morgendlicher Venedig-Hitze. Ihm war die ganze Sache genauso ungeheuer wie Maestro Vivaldi. Aber spannend war es auf der anderen Seite schon, mit einer sprechenden Stimmgabel und diesem grantigen Komponisten das historische Venedig zu erkunden. Spannend und unglaublich. Und wenn sie alle schon mal hier waren, sollten sie auch das Beste daraus machen. Um Antonio von seinen Gedanken abzulenken, fragte er: „Forky, wolltest du dem Maestro nicht gerade etwas erklären?"
Vivaldi winkte ungeduldig ab. „Ich verlange keine Erklärungen, sondern den sofortigen Heimflug!"
Die Stimmgabel überhörte seinen Einwand und erzählte dem Gott sei Dank an Gedächtnisschwund Leidenden: „Sie waren am Anfang Ihres Berufslebens Priester, Antonio. Und wegen Ihrer roten Haare wurden Sie Prete Rosso, der rote Priester, genannt. Was heißt waren: Priester bleibt man sein Leben lang. Nur die Haare werden allmählich weiß."
Priester, dachte Ben erstaunt bei sich. So geist-

lich sieht er gar nicht aus.

„War er angeblich auch nicht immer", wisperte Forky, während sie die ganze Zeit auf Bens Schulter saß, um in dem Gewühl einen besseren Überblick zu behalten. „Angeblich hatte er nur kurze Zeit die Messe gelesen, um sich danach ganz dem Komponieren und dem Violinspiel zu widmen." Sie schwang sich fröhlich auf Vivaldis Gänsekopf-Spazierstock. „Maestro, es wird sogar behauptet, dass Ihnen eines Tages, während der Messe, eine wunderbare Komposition in den Kopf stieg, und sie daraufhin schnell in die Sakristei liefen, um die Noten niederzuschreiben. Erst danach kehrten Sie zu der armen, verlassenen, gläubigen Gemeinde zurück und beendeten den Gottesdienst!"

„Wer behauptet diese unsägliche Geschichte, Geschichte, jawohl?" Vivaldi stampfte mit seinem Stock auf, sodass Forky mit einem lauten Klirr auf den Steinboden fiel.

„Hey", empörte sie sich, und ihr Ton klang scheppernd. „Namen tun nichts zur Sache, ich petze nicht. Allerdings haben sich bis zum heutigen Tage Bücher, Lexika und Handschriften erhalten, die über viele Dinge Auskunft geben. Aber eben nicht vollständig. So findet sich nirgends ein schriftlicher Beweis dafür, ob Sie einfach keine Lust darauf hatten, das Priesteramt auszuführen, oder ob es stimmt, was Sie selbst von sich behaupteten: ‚Ich kann nicht so lange an einem Stück predigen, da ich seit meiner Geburt unter einer Enge der Brust leide, und mir das Reden daher große Mühe bereitet.' Deswegen gingen Sie angeblich auch nie zu Fuß, sondern bewegten sich immer mit Kutsche oder Gondel fort. So wurde es von Ihnen überliefert." Forky war sehr stolz auf ihr Wissen.

„Frag ihn doch nach der Wahrheit", drängte Ben gespannt. Ein interessanter Schlagabtausch war das – obwohl der alte Mann wirklich nervig seltsam redete!

„Na, du bist ja lustig!" Die Stimmgabel wiegte ihren Kopf hin und her und rollte ihre Augen gen Himmel. „Ich hoffe, Antonio hat nicht so ein Siebhirn wie du!"

„Ups, stimmt ja." Ben kaute erschrocken und verlegen an einem Daumennagel. Mit seiner ewigen Neugierde hätte er sich und die Stimmgabel beinah in große Gefahr gebracht. Von Vivaldi ganz zu schweigen. Der wollte sicher auch nicht wie ein Vampir bis ans Ende seiner Tage – wann immer das auch sein mochte – im modernen Venedig umherirren.

Forky, die Bens Gedanken natürlich mal wieder gelesen hatte, beruhigte ihn: „Ich glaube nicht, dass die Gefahr des Ausplauderns bei ihm besteht. Im Laufe von zweihundertsiebzig Jahren radiert sich im Gedächtnis so Einiges aus. Und im Übrigen kann ich bei ihm jederzeit eine Erinnerungssperre einbauen."

„Ach ja?", meinte Ben überrascht. „Da bin ich ja mal gespannt. Welche denn?"

„Warts ab", gab Forky vergnügt zur Antwort. „Wird nicht zu überhören sein."

Ben zuckte nur mit den Schultern und dachte bei sich: Schade ist es ja schon, dass wir nicht genau wissen, wie es nach dem Tod weitergeht. Es wäre durchaus praktisch, von Antonio Vivaldi zu erfahren, wie so eine Himmels-WG funktioniert.

„Ich höre deine geheimen Wünsche, Ben", flüsterte Forky und schüttelte missbilligend den Kopf. „Überleg doch mal: Unser ganzes Weltensystem käme total durcheinander. Glauben gäbe es nicht mehr, nur noch Wissen. Und ob das jedem gefallen würde, möchte ich bezweifeln. So, wie jede Melodie und jeder Gedanke ihr eigenes Geheimnis bergen, so müssen auch das Diesseits und das Jenseits ihre eigenen Geheimnisse bewahren."

Ben nickte und hatte plötzlich das Gefühl, Forky richtig gern zu haben. Was für eine schlaue Stimmgabel sie doch war!

Die sagte nur: „Ich dich auch. Aber ist es nicht so: Manches wissen wir, vieles lernen wir kennen, das Meiste allerdings wird uns für immer verborgen bleiben."

„Was wird hier unhöflich geflüstert? Wenn

ich schon vierzig Stunden – nun sind es wohl gnadenvoller Weise nur noch neununddreißig – mit euch beiden Geschöpfen ausharren muss, dann verlange ich Anstand und Höflichkeit, jawohl!" Vivaldi konnte sich nur mühsam daran gewöhnen, dass eine Stimmgabel überhaupt flüstern konnte.
Was ihn jedoch noch weitaus mehr beschäftigte, war die Tatsache, aus seinem geruhsamen Himmelsdasein gerissen worden zu sein. Gerade heute Morgen hatte er sich ein riesiges Omelette mit seiner geliebten Polenta und dazu Ahornsirup genehmigen wollen. Ahornsirup konnte man seit Neuestem im großen Weltenkatalog bestellen. Eine bekannte Supermarktkette hatte eine Zweigstelle nur für Himmelsbestellungen eröffnet. *Service-Paradies* nannte sich diese tolle Errungenschaft, und nicht nur er, Antonio Vivaldi, war ein glühender Abnehmer diverser Angebote. Durch seine Position als Chorleiter und Dirigent des Himmelsorchesters und -chores konnte er sich so manche Luxusspeise leisten, von der andere Himmelsgenossen nur träumen durften. Anfangs litt er unter starken Verdauungsproblemen, denn sein Magen-Darm-Trakt hatte sich während der letzten knapp dreihundert Jahre nicht wesentlich angepasst. Jedoch konnte er mit Kümmeltropfen seinem Körper so manches Schnippchen schlagen. Sein

allerliebstes Genussmittel aber war Kaugummi oder, besser noch, chewing gum. Doch nicht der neumodische mit Sorbit und Chili oder Wassermelonengeschmack. Nein, der aus den Sechzigerjahren mit Namen *dubble bubble*. Der hatte einen herrlichen Geschmack und war nach zwei Stunden Kaulust noch so groß und fest, dass man ihn abends in Zuckerwasser eingelegt auf das Nachttischschränkchen stellen konnte, um ihn frühmorgens, noch vor dem Zähneputzen, wieder genüsslich weiterzukauen. Andere in seinem Alter legten ihre Zahnprothesen in Mundwasser, er eben Kaugummi in Zuckerwasser. Herrlich! Vivaldi seufzte wehmütig vor sich hin. Ob er je wieder in diesen totalen Kaugenuss kommen würde?

Schade, dass er laut Zeitreise-Regel davon Ben-Edward nichts erzählen durfte. Bei Miss Pitch Fork kam er allmählich auf die Idee, dass die sowieso alles wusste. Ungeduldig fragte er: „Was ist nun, merkwürdiger Knabe und noch merkwürdigere, sprechende Stimmgabel, was flüstert ihr also? Lasset mich an euren Geheimnissen teilhaben."

„Es ist nichts", wiegelten beide schnell ab und Forky bat schmeichelnd und klimpernd: „Zeig uns doch mal, wo deine Kirche stand, in der du gearbeitet hast!" Sie beugte sich zu Ben. „Dann sehen wir gleich, wie es mit seinem Gedächtnis

bestellt ist", flüsterte sie ihm heimlich zu.
„Nun, ich kann mich beim besten Willen nicht daran erinnern, einer metallenen Stimmgabel, welche normalerweise höchstens einen Ton von sich geben kann, jemals das *Du* angeboten zu haben!"
Ben stöhnte innerlich. Konnte dieser Mensch kompliziert sein!
„Sie sagen es: Normalerweise, Maestro von und zu Vivaldi und wieder zurück. Normalerweise!" Jetzt wurde Forky wirklich unhöflich, fügte aber versöhnlich hinzu: „Ein *Du* allerseits würde die Sache erheblich erleichtern!"
„Nun denn, mir bleibet wohl keine andere Wahl …" Der Prete Rosso räusperte sich umständlich. Dann steuerte er zielstrebig Richtung Campo San Zulian. „Jedoch habt ihr mich noch immer nicht darüber aufgeklärt, was ich hier und heute soll!"
Ben beeilte sich zu antworten und legte ohne Punkt und Komma los: „Sie sind mein Lieblingskomponist Maestro Vivaldi ich höre Ihre Musik wahnsinnig gerne auch 2011 noch und da dachte diese liebe Stimmgabel hier die ich übrigens auf dem Speicher unseres alten Hauses in Graz gefunden habe also da dachte Forky es wäre doch toll wenn ich etwas aus Ihrem interessanten Leben erfahren könnte ganz und gar live sozusagen im Gegenzug dafür reisen Sie mit

uns in meine Zeit und erleben dort wie berühmt Sie heutzutage immer noch sind das würden Sie doch sonst nie erfahren!"
Puh, das war ein langer Schleimsatz geworden! Aber anders machte das ganze Abenteuer keinen Sinn. Sollten sie sich alle drei ständig angiften?
„2011 in Graz, so, so. Unvorstellbar." Der Komponist strich nachdenklich über seine Bartstoppeln. „Nun, mein Junge, du darfst *Du* zu mir sagen!", bot er Ben-Edward geschmeichelt an und machte gleichzeitig eine huldvolle Bewegung mit Taschentuch und Stock, was ziemlich umständlich aussah.
„Aber das ändert nichts daran, dass dein Gesamtaufenthalt nur vierzig Stunden beträgt", beeilte sich Forky daran zu erinnern. Besser, es wurde keine unnötige Zeit mehr verquatscht.
„Oh Mann!", rief Ben plötzlich erschrocken aus. „Was machen wir denn, wenn die beiden Vivaldis sich hier begegnen? Nach dem Motto: dreiunddreißig trifft dreiundsechzig?!"
Bei diesem Gedanken stolperte der Maestro vor Schreck über seinen Spazierstock. Auf gar keinen Fall wollte er seinem jüngeren Ich in die Arme laufen.
„Auf der Stelle kehre ich zurück. Zurück, jawohl! Auf Wiedersehen, arrivederci!" Vivaldi machte kehrt und schlug dreimal mit seinem Spazierstock auf das Kopfsteinpflaster, als ob sich dar-

aufhin der Boden auftun und ihn mit Haut und Haaren rettend verschlingen würde.

Die Stimmgabel lachte sich schlapp. „Erstens weißt du gar nicht, wie du wieder zurückkommst, Maestro, und außerdem: Keine Sorge! Heute ist Samstag. 1711 hast du samstags immer einen Ausflug zum Lido gemacht. Wegen deines Asthmas. Salzwasser. Du verstehst?" Beruhigend tätschelte sie ihm mit einem Silberarm auf die Schulter. „Den Zeitpunkt unserer Reise habe ich nicht dem Zufall überlassen!"

Ben war beeindruckt und Vivaldi erleichtert. Wie schlau die Stimmgabel doch sprach!

Inzwischen waren sie in eine kleine Gasse gebogen, die geradewegs auf einen großen Platz führte, auf dem sich die Kirche Santa Maria Formosa ihrem Herren entgegenstreckte.

Bislang war Ben noch gar nicht dazu gekommen, die vielen Menschen in den Gassen, auf den Plätzen und kleinen Kanalbrücken in Ruhe zu betrachten. Eigentlich boten sie ihm fast den gleichen Eindruck wie Narren bei einem Karnevalsumzug. Wäre da nur nicht der Gestank gewesen, der ihm beinahe den Atem raubte. Die Luft wurde jetzt, in der Mittagszeit, unerträglich schwül. Und er war jedes Mal froh, wenn ihr Weg am Wasser irgendeines Kanals entlangführte. Forky saß noch immer auf seiner Schulter und gab die Richtung an.

„Halt, stopp!", rief sie laut. „Maestro, kommt dir hier vielleicht etwas bekannt vor?" Sie zeigte auf ein schmutziges, rosafarbenes Haus, dessen Putz im Abbröckeln begriffen war und dessen einzige Lichtblicke ein kleiner schmiedeeiserner Balkon mit rotem Blumenschmuck sowie hübsche weiße Verzierungen um die schmalen Fensterrahmen darstellten.
„Sehen aus wie die Geranien bei uns zu Hause", meinte Ben, und Vivaldi meinte: „Nein, nicht wirklich!"
„Na, dann will ich euch mal aufklären", sagte Forky grinsend. „Wir befinden uns hier in der Calle Paradiso. Lieber Antonio, darf ich vorstellen? Das Haus, in dem du von 1722 bis 1730 wohnen wirst. Oder soll ich lieber sagen: gewohnt hast?"
„Was?! In diesem Gelumpert hat der einstmals berühmteste Komponist Venedigs residiert?" Ben merkte überhaupt nicht, dass er einen österreichischen Ausdruck in seinem sonst fließenden Italienisch untergebracht hatte, so erstaunt war er.
„Gelump... Gelump... wie bitte?", fragte Vivaldi in die Runde. Ben rümpfte die Nase: „Es sieht nicht wirklich einladend aus, meine ich damit."
Die Stimmgabel drängte beide über die Ponte Paradiso zurück. „Aber schaut doch mal hier, dieses Relief aus Stein! Ist das nicht großartig?"

Sie zeigte auf einen geschwungenen Rahmen aus Sandstein. In der Mitte stand eine Marienfigur, die ihren bodenlangen wallenden Mantel schützend über zwei Engel breitete. Die knieten betend zu ihren Füßen. Dieses Relief wurde von zwei schiefen, sich gegenüberliegenden Häusern gehalten und gab die Sicht auf das schmutzig rosafarbene Gebäude frei.

„Wunderschön", stimmten nun auch Antonio und Ben-Edward zu. Normalerweise hätten sie dieses Kunstwerk übersehen.

„So einen langen Mantel könnte ich auch gebrauchen, um Dirk Nowitzki und die Sneakers zu verdecken", meinte Ben. „Außerdem habe ich tierischen Hunger!"

„Dirk Nowitzki und die Sneakers? Das wäre aber ein toller Name für eine Blaskapelle", lobte Forky Ben-Edward und trötete peinliche *a*-Töne durch die engen Gassen Venedigs.

„Blödsinn, so habe ich das nicht gemeint, Miss Pitch Fork!", schimpfte Ben. Immer, wenn er hungrig wurde, wurde er unleidlich.

„Hunger, hungrig, jawohl! Mir knurret der Magen ebenfalls!", pflichtete Vivaldi ihm bei. „Wir sollten baldigst rasten, rasten, jawohl!"

„Du mit deinem bekloppten *jawohl* machst mich total kirre. Und ständig wiederholst du dich und deine umständlichen Sätze. Kannst du das mal lassen? Es nervt!" Ben lief gefährlich rot an vor

Wut.

„Scusi? Entschuldigung? Was erwartet Er von einem alten Mann aus vorigen Jahrhunderten? Wenn Er damit nicht klarkommt, hätte Er sich nicht auf den Weg nach 1711-Venedig machen sollen. Unverschämter Bengel Er, jawohl!" Vivaldi war außer sich vor Entrüstung und wedelte zudem wie ein Weltmeister mit seinem Lavendeltaschentuch.

„Tu was, Ben, sonst geht unser ganzes Unternehmen den Bach runter. Sei mal ein bisschen bescheidener." Forky blitzte Ben-Edward silbriger an als je zuvor. Vivaldi verzog seine Hakennase und dachte dankbar darüber nach, wie herrlich respektvoll die Kinder zu seiner Zeit doch gewesen waren. Sie hätten es niemals gewagt, ihn, den großen Komponisten und Geigenspieler Antonio Lucio Vivaldi, dermaßen zu maßregeln! Ben schämte sich ein bisschen, denn jetzt hatte er Forky und Vivaldi gegen sich aufgebracht.

„Aber ist doch wahr", maulte er und schob schnell ein Friedensangebot hinterher. „Hier haste einen Kaugummi. Der steckt trotz Zeitreise noch in meiner Hosentasche. Ein Kaugummi Marke 2011. Gut gegen Magengrummeln."

Vivaldis Blick verklärte sich verzückt. „Kaugummi, meine Lieblingsleckerei!" Und flugs wanderte der süße Streifen in Antonios Mund. „Wow, krass", meinte er sofort – und stutze über seine

Worte. „Hammer-Geschmack!"

„Hä?" Forky und Ben hielten sich die Bäuche vor Lachen. „Was hast du denn auf einmal für einen Wortschatz drauf?"

Was geschieht nur mit mir, womit habe ich das alles verdient?, dachte Vivaldi nun vollends verzweifelt. Sicher war das ganze Theater hier unten ein Racheakt von Gioachino Rossini da oben, weil er dem den himmlischen Dirigenten-Posten glatt vor der Nase weggeschnappt hatte.

„Nein, nein. Du bist nicht übergeschnappt, Antonio", beruhigte Forky ihn, noch immer kichernd. „Aber die 2011-Inhaltsstoffe des Kaugummis werden durch das Kauen freigesetzt und passen deine Sprache unserer Zeit an." Sie schüttelte sich vor Lachen: „Das habe ich selbst nicht bedacht, aber für zukünftige Unternehmungen ist es gut zu wissen."

Zukünftige Unternehmungen? Hörte Ben da richtig? Mit ihm nie wieder!! „Hunger, Hunger!", rief er und legte einen Schritt zu.

„Ja, ja, gleich. Aber vorher führt unser Weg an deiner alten Pfarrei vorbei, die müsst ihr noch sehen!", antwortete die Stimmgabel, bevor sie von Bens Schulter sprang. „Hier entlang, bitte sehr!"

Eine kleine, schmuddelige Gasse führte zu einem menschenleeren Platz. Die Sonne brannte fast unerträglich auf einen alten Steinbrunnen, der sich vor der engen, hölzernen Eingangstür der Kirche San Giovanni in Oleo langweilte. Niemand kam hier auf die Idee, aus seiner Quelle Wasser zu schöpfen, weil das Kanalwasser um den Platz herum bestialisch stank.

„Ja, ich erinnere mich!" Antonio Vivaldi tupfte sich mit seinem Lavendeltuch die Schweißperlen von der Stirn.

Die drei betrachteten die Kirche, die aus weißem Stein und Holzschindeln gebaut war. „In dieser Kirche erhielt ich am dreiundzwanzigsten März 1703 die Priesterweihe. Und hier las ich des Weiteren die Messe und ich …"

Forky unterbrach ihn schroff, denn ihr ging sein Erinnerungsvermögen zu weit: „Dein Asthma-Thema hatten wir bereits."

Plötzlich wurde das Kirchentor von einem Geistlichen in einem fleckigen Sackleinengewand geöffnet.

„Prete Vivaldi, was führt Sie zu mir?", rief er laut und erfreut durch die Hitze und machte eine einladende Bewegung in das Innere der Kirche. „Wollen Sie Ihren Schäflein einmal mehr die Messe lesen?" Er stutzte, während er den Prete Rosso betrachtete. „Sie sehen aber nicht gesund aus, so eingefallen und faltig! Kommen Sie mit mir ins Innere der Kirche. Dort ist es kühl und ich kredenze Ihnen Brot und weißen Wein. Oder lieber kühlen Tee der Minze?"

Er war freundlicher als der Maestro, fand Ben. Und er hatte etwas zu essen!
Der Geistliche wandte sich ihm mit erstauntem Blick zu. „Vivaldi, was ist das denn?", flüsterte er und zeigte mit dem Finger auf Dirk Nowitzki. Die Stimmgabel nahm er gar nicht richtig wahr. „Das ... nun, wie soll ich sagen, also, dieser Knabe mit Namen Ben-Edward Pipe kommt aus dem Jahre 2011. Er ist auf Durchreise hier!" Vivaldi wedelte Lavendelduft, der bei diesem Gestank allen gut tat.
„Picks, Hochwürden. Ben-Edward Picks. Und das hier ist Miss Pitch Fork, die sprechende Stimmgabel." Ben streckte dem verblüfften Priester die fröhlich auf *a* pfeifende Stimmgabel entgegen. „Angenehm! Sie können Forky zu mir sagen."
Es muss an der sengenden Hitze liegen, dass ich unter Halluzinationen leide, dachte der Geistliche bei sich und schob die drei ins Innere der kühlen Kirche. Er bot ihnen Minztee sowie Weißbrot an und schickte sogleich ein Stoßgebet an seinen Herrn: „Lieber Gott, heilige Mutter Gottes! Bitte nimm die beginnende Demenz von mir. Ich bin doch noch so jung! Außerdem erlaube mir, noch einige Jahre mehr in deinen Diensten zu stehen und deinen Schafen hier auf Erden von deiner wohltuenden Güte zu predigen!" Er bekreuzigte sich für alle Fälle dreimal hintereinander, bis

er Ben fragte: „Meinst du nicht, du solltest dein Kostüm mit einem Gewand bedecken, Junge?"
„Ja, super", antworteten die drei gleichzeitig mit vollem Mund. Sie fühlten sich frisch gestärkt, und Forky wollte gerade zum Aufbruch blasen, da fing Antonio Vivaldi plötzlich an, von damals zu plaudern.
„Ach ja, es war schon ein Kreuz mit den Gläubigen", begann er seufzend. „Sie strömten nicht gerade zahlreich in das Gotteshaus und mein Asthma machte mir zu der Zeit sehr zu schaffen. Ihr merkt ja, wie die Luft in dieser Umgebung nach Kloake stinkt!" Wedel, wedel.
Forkys Wimpern streckten sich vor Schreck wie die ausgefahrenen Krallen einer Wildkatze.
„Am dreiundzwanzigsten März 1703 begann ich an diesem Ort, mein Amt zu versehen. Sechs verdammt harte Monate las ich hier an der Kirche San Giovanni in Oleo unter größten Qualen die Messe, aber dann wurde ich als il maestro di violino an das Waisenhaus Ospedale della Pietà berufen. Gott sei es getrommelt und gebimmelt! Es war eine Berufung! Der gütige Herr hatte mich in meiner Musik- und Kompositionskunst erhört und rief mich bei meinem Namen!" Vivaldi klang furchtbar pathetisch und Ben-Edward verdrehte heimlich die Augen.
Was für ein Heini!, dachte er. Erst verdammt er das Messelesen lauthals hier in der heiligen

Kirche und dann bimmelt er seinem Herrn ein Danke-Halleluja hinterher. Und wegen dieses falschen Fuffzigers hatte er sich auf ein Wagnis eingelassen, das er mittlerweile fast bereute. Er musste schlucken. Wenn er ehrlich war, hatte er ziemlichen Bammel davor, niemals mehr nach Graz zurückzukehren. Wer hätte gedacht, dass er diese Stadt einmal vermissen würde. Sogar seine Schwester Amelie hätte er jetzt lieber neben sich gewusst, als diesen musikalischen Priester mit Hakennase und Spazierstock. Außerdem schien das mit der Erinnerungssperre ja auch eher suboptimal zu laufen …
„Bloß weg hier, Vivaldi kann sich gefährlich erinnern! Wenn das so weitergeht, können wir beide froh sein, wenn wir nach diesen vierzig Stunden kein Himmelfahrtskommando erhalten", flüsterte er besorgt in Richtung Forky.
„Du hast vollkommen recht, Ben-Edward. Bislang erzählt der Maestro zwar nur überlieferte Berichte, aber der Grad zum Verbotenen ist schmal. Wir setzen unseren Rundgang fort und laufen zum Campo San Giovanni in Bragora. Das lenkt ihn hoffentlich ab", pflichtete die Stimmgabel ihm erleichtert bei. „Dort können wir den Taufstein von Baby Antonio Lucio bewundern und sein Geburtshaus dazu. Das wird besonders spannend, denn 2011 könnte man das gar nicht mehr besichtigen. Zu der Zeit steht das

Haus dort schon lange nicht mehr!"
Sie war gerade auf Bens Schulter gehüpft, da kam der nette Priester mit einem Sackleinengewand an und hielt es Ben unter die Nase: „Hier, mein Junge, schlüpfe da hinein. Es ist ja nicht mit anzusehen, wie du gekleidet bist. Wir befinden uns im Monat September, nicht im Karneval-Monat Februar!"
Ben bedankte sich bei ihm und umarmte ihn sogar, so sehr freute er sich. Dann zog er schnell die Robe über und meinte zu seiner rechten Schulter: „Es gibt auch nette Priester!"
Gut gestärkt durch Brot und Tee, dazu angemessen gekleidet, machten die drei sich auf den Weg zu Antonio Vivaldis Wurzeln.
Der Geistliche aber stürzte sofort in die Kirche zurück, sobald sie um die Ecke gebogen waren. Er warf sich vor den Altar und betete für alle Fälle zehn Rosenkränze hintereinander, um die aufkommende Verwirrung in seinem Kopf zu verjagen.
Dass er die umsonst betete, konnte er schließlich nicht wissen.

5. Kapitel
oder die Vielfalt hypnotischer Wirkungen

Zwar beäugten die Venezianer Ben-Edward Picks immer noch neugierig, kopfschüttelnd oder misstrauisch, denn das Priestergewand war ihm etwas zu groß und er trat mit seinen klobigen Turnschuhen ständig auf den Saum. Dennoch waren die meisten von der Mittagshitze gelähmt und daher nicht aufnahmefähig, oder sie lagen in ihren Häusern und hielten eine Siesta.
„Spürt ihr die wundervolle Stille und leichte Brise, die von der Serenissima herüberweht?" Forky streckte ihre Silberarme von sich und fächelte sich Luft zu.
Ben fand momentan gar nichts wundervoll, weil er in dem zusätzlichen Fummel wahnsinnig schwitzte. Hoffentlich sieht man keine Schweißränder, dachte er. Die Stimmgabel hatte angedeutet, dass sie später noch ein Waisenhaus für Mädels besuchen wollten.
„Mein Geburtshaus!", schrie Vivaldi begeistert beim Anblick eines winkelig verbauten, aber freundlichen Häusleins. „Familie, ich komme!"
„Halt, bist du verrückt? Du kannst da nicht rein!" Forky und Ben zogen mit aller Kraft an

Vivaldis Ärmeln. „Wie willst du ihnen denn dein Aussehen erklären? Du hast doch schon bei dem Oleo-Priester gemerkt, dass das nicht geht!"
Der Komponist wehrte sich: „Aber meine Familie, wieso darf ich meine Familie nicht besuchen? Was für einen Sinn hat dieser ganze Zauberunfug sonst für mich?" Ärgerlich riss der Maestro sich los und klopfte mit seinem Spazierstock auf Bens Hände, die immer noch krampfhaft versuchten, ihn am Losreißen zu hindern.
„Aua!", beklagte Ben sich. „Müssen wir dich ständig daran erinnern: Du kannst dein Leben nicht rückgängig machen, Vivaldi. Das sind doch die Regeln. Ansonsten müssen Forky und ich anstelle von dir zurückkehren und du musst hier auf Erden bleiben – im Jahre 2011: alt und faltig, grau und krank ..."
„Verlassen und einsam, ohne eine Menschenseele, die du kennst", ergänzte die Stimmgabel. „Allmählich zu Staub und Asche verkommen, ohne jegliches Grab, in alle Winde verstreut! Keine Träne wird man dir nachweinen, denn niemand wird dich erkennen als den großen Meister, der du einmal warst und der allen in bester Erinnerung ..."
„Ist ja gut. Jetzt hört schon auf!" Entnervt zückte Vivaldi sein Taschentuch, diesmal aber, um sich über die Augen zu wischen. „Wozu bin ich dann hier?" Er kaute fester auf seinem Kaugummi

herum. „Absolut uncool, das Ganze!"
„Zum Beispiel um zu sehen, wie wunderschön dein Taufstein ist!" Ben und die Stimmgabel lächelten ihn aufmunternd an, denn er sah so rührend aus in seinem Schmerz.
Das Innere der Taufkirche Vivaldis erschlug die drei Besucher vor lauter Schönheit beinahe. Der Raum war weit und licht, Weihrauchgeruch waberte ihnen entgegen und deswegen begann Antonio schon wieder zu röcheln. Ein alabasterweißer Altar aus kühlem Marmor lockte den Blick zu einem überdimensional großen Ölbild, auf dem die Taufe Jesu durch Johannes den Täufer zu sehen war. Fast schüchtern schlichen die drei durch das Kirchenschiff, schlängelten sich zwischen Marmorsäulen entlang, betrachteten aufmerksam die vielen Gemälde an den Wänden und nahmen zwischendurch auf einer der geschnitzten Holzbänke Platz, die es sich in Reih und Glied aufgestellt in der heimeligen Kirche San Giovanni in Bragora seit Jahren gemütlich gemacht hatten.
„Nun, Antonio", sagte die Stimmgabel leise. „Hast du deine Taufkirche schon einmal so bewusst betrachtet? In solcher Ruhe und mit Andacht? Sicher nicht, oder?" Sie schwang sich behutsam auf seinen Kopf.
In Vivaldi machte sich ein beschwingtes Gefühl breit, irgendwie leicht und glücklich. Ob das

an den *a*-Schwingungen der Stimmgabel oder an seiner eigenen Stimmung lag, vermochte er nicht zu beurteilen. Ihm war das auch egal. Er war glücklich, in diesem Moment an diesem Ort zu sein. Andächtig blickte er um sich und erkannte in der Dämmerung Signora Matteo, eine eifrige Kirchgängerin, die vor drei Jahren, im Mai 1708, Witwe geworden war, und auch ihren einzigen Sohn schon beerdigen musste. Er war an innerem Brand gestorben. Signora Matteo war eine der wenigen Kirchgängerinnen, die zu ihm, dem Prete Rosso kamen, um sich die Beichte von ihm abnehmen zu lassen.

Das mag auch daran gelegen haben, dass sie seine Musik verehrte. Sie hatte ihn immer darin bestärkt, die Musik, die in ihm brodelte, aufleben zu lassen.

„Prete Vivaldi", hatte sie immer gesagt, „Prete, der Herr wird sicher in seinem Plan haben, wo er Sie wissen will. Folgen Sie Ihrem Herzen, dann folgen Sie Gottes Willen!"

Langsam stand er auf und lief zögernd auf die alte Witwe zu, die andächtig ihren Rosenkranz betete.

„Buongiorno, Signora Matteo", flüsterte Vivaldi leise, während er sich ihr entgegenbeugte.

„Buongiorno, buongiorno", antwortete die alte Dame fast automatisch, ohne von ihrem Rosenkranz aufzublicken.

Vivaldi lächelte. Sicher war es besser, dass sie ihn nicht erkannt hatte. Schließlich war er in ihrer Welt im Augenblick erst dreiunddreißig Jahre alt und stand damit in der Blüte seines Lebens. Da konnte man sich bei seinem Anblick nur wundern.

Gut, dass Ben und die Stimmgabel von dieser kleinen Episode nichts mitbekommen hatten. Sie wären vor Schreck sicher in Ohnmacht gefallen. Daran konnte man erkennen, auf welch wackeligen Beinen dieses ganze Unternehmen „Zeitreise mit Erinnerungsverbot" stand!

Der Maestro lief auf die beiden, die andächtig vor dem großen, mit einer goldenen Haube verzierten Taufbecken standen, zu. „Hier also hat man dir am sechsten Mai 1678 Wasser auf dein Haupt gegossen. Hast du dabei geschrien?" Ben konnte wirklich blöde Fragen stellen.

„Woher soll ich das wissen?", röchelte Vivaldi im Weihrauchdunst, während er sich an ein kunstvoll geschmiedetes Metallgitter lehnte, welches den Betrachter auf gebührenden Abstand zu dem Taufbecken hielt. „Ich glaube, ich muss hier raus. Dieser Gestank macht mir zu schaffen!" Schnell stieß er die Kirchentür auf und zog geräuschvoll frische Luft ein.

Forky und Ben, die ihm rasch ins Freie gefolgt waren, wedelten ihm mit ihren Armen Sauerstoff zu. „Also, wenn ihr mich fragt, dann kann

das mit dem Asthma schon stimmen. Eine Allergie gegen Weihrauch ist für einen katholischen Priester äußerst unpraktisch!" Ben kam sich klug, gebildet und zudem sehr einfühlsam und verständnisvoll vor. „Lasst uns mal lieber zu den Mädels gehen." Darauf hatte er insgeheim schon lange gewartet.
Forky jedoch war von seinem Vorschlag nur bedingt begeistert. „Eigentlich wollte ich euch vorher noch zum Campo San Provolo führen. Da steht das Haus unseres werten Meisters, welches er von 1705 bis 1708 schon einmal bewohnt hat. Und stellt euch vor: Heute, in diesem Moment, im Jahre 1711, wohnt er wieder dort und wird auch die folgenden elf Jahre dort wohnen! Ist das nicht toll?" Miss Forky fächelte sich mit ihren Wimpern Luft zu.
„Stark! Du könntest dir neue Unterwäsche anziehen und etwas holen, was du da oben ... ", Ben zeigte gen Himmel, „ ... schmerzlich vermisst. Ein Buch oder ein Bild oder so."
„Unsinn! Papperlapapp! Totaler Humbug!" Vivaldi klopfte dreimal mit seinem Stock auf den Boden. „Erstens nützt mir dieses ganze wehmütige Getue mit meiner Vergangenheit gar nichts, wenn ich sie nicht noch einmal erleben kann. Und zweitens: Meint ihr wirklich, ich möchte meiner Haushälterin begegnen, wenn ich nicht mal meine Eltern umarmen durfte? Ich höre

Signora Calvari schon jammern: ‚Signor Vivaldi, da sind Sie ja endlich! Können Sie für mich den Müll rausbringen? Mir geht es gar nicht gut.' Und außerdem werden mir meine Unterhosen von vor dreihundert Jahren heute ganz sicher nicht mehr passen. Totaler Bullshit! Also los, ihr beiden, mitkommen!"

Energisch – nein – wütend und Kaugummi kauend, führte er seine betreten aus der Wäsche blickenden Begleiter des Weges: erst durch stickige, enge Gassen, deren beißende Gerüche erahnen ließen, dass sich hier, zwischen heruntergekommenen Gebäuden, so mancher Venezianer seiner Bedürfnisse entledigt hatte. Dann ging es über baufällige schmale Brücken, von denen aus man wunderbar die Kolonien von Ratten beobachten konnte, die in der beginnenden Nachmittagsschwüle ihr *dolce vita* in den Kanälen zelebrierten. Vorbei an zwielichtigem Gesindel, das Antonio und Ben mit gierigen Blicken verfolgte. Ben packte die Stimmgabel vorsorglich in seine Hosentasche. Sie sah so wertvoll und silbrig aus ... man konnte nie wissen, welche Schurken und Gauner einem hier begegneten.

Da passte es ja, dass sie gerade in dem Moment in die Ruga giuffa, die Gaunergasse, einbogen. Unheilvoll streckte Vivaldi seinen Spazierstock in die Richtung eines verrosteten Metallschildes, auf dem Ben den Straßennamen nur mit Mühe entziffern konnte. Antonio legte einen Zahn zu, um möglichst schnell aus dieser modrigen, dunklen Gasse herauszukommen, der Hochburg an krimineller Energie im 1711er-Venedig. Ben umklammerte Forky in seiner Hosentasche so fest, dass diese fast keine Luft mehr bekam. Doch endlich! Mit einem triumphalen „Hier ist es, mein Ospedale della Pietà" zeigte der Meister der Violine auf ein riesiges, lang gestrecktes Gemäuer, dessen Front überwiegend aus Fenstern bestand. In dem aufdringlichen Sonnenlicht vermittelten sie den Eindruck unzähliger, verschiedenfarbiger Glasmosaike, die in einem unübersichtlichen Netz aus schmiedeeisernen Gittern gefangen gehalten wurden. Im Hintergrund versuchte der Campanile, eines der Wahrzeichen Venedigs, wie ein Gefängniswärter über Zucht und Ordnung in diesem Hause zu wachen. Auf einer in Stein gemeißelten Tafel stand folgende Drohung zu lesen: *Möge der Herr mit Fluch und Exkommunikation all jene strafen, die ihre Söhne und Töchter ehelicher und unehelicher Geburt in dieses Ospedale della Pietà schicken oder schicken lassen, obgleich sie die Mittel und Möglichkeiten haben, sie selbst aufzuziehen.*

Ben blieb eingeschüchtert vor diesem ungetümen Gebäude stehen und holte Forky an die frische Luft. „Wahnsinn! Das ist ja ein Gefängnis, auf dem ein Fluch haftet", traute er sich anzumerken und hatte damit gleich wieder den Unmut des Meisters auf sich geladen.

„Wie respektlos redest du von meiner ehemaligen Wirkungsstätte, du Knalltüte?" Er schwang den Spazierstock vor sich hin und her und hätte damit beinahe ein kleines Kind am Kopf getroffen, das sich gaffend vor sie gestellt hatte um zu betteln.

„Hey, von wegen Knalltüte! Ich glaube, der Kaugummi ist wohl ein bisschen zu stark, was?" Ben schüttelte fassungslos den Kopf, wollte dann aber schnell wissen: „Wieso ehemalig?"

„Also, äh … ich glaube … äh …", stotterte Vivaldi und blickte verwirrt auf das Gebäude.

Ben war beruhigt: Diesmal schien es praktischerweise mit dem Erinnerungsstopp zu klappen.

„Nun, 1707 wurde Vivaldis Vertrag an der Pietà nicht verlängert", klärte Forky die beiden auf. „Man sah es nicht gerne, dass der Maestro auf zu vielen Hochzeiten tanzte. Er las die Messe nicht mehr und komponierte stattdessen Opern. Er war sogar als Leiter des Teatro Sant`Angelo im Gespräch, reiste unentwegt durch die Lande und so weiter und so weiter." Sie zwinkerte Vivaldi zu. „Dafür hast du vor Kurzem im fernen Amsterdam einen Zyklus mit zwölf Konzerten als III. Opus veröffentlicht! Ein Siegeszug deiner

Musik durch ganz Europa begann. Sogar mein hochverehrter Freund Johann Sebastian Bach war hingerissen von den *concerti* und hat einige davon für Cembalo bearbeitet." Forky nickte anerkennend. „Das gleicht einem Ritterschlag! Der Zyklus trägt den Namen *L'estro armonico*, was so viel bedeutet, wie: *die harmonische Eingebung*. Ganz schön eingebildet, Maestro!" Sie lachte und fügte nach einer kleinen Pause hinzu: „Soll ich dir noch etwas verraten? Am siebenundzwanzigsten September 1711, also in drei Wochen, wirst du wieder eingestellt. Für sechzig Dukaten im Jahr. Klasse, was?" Sie schnalzte mit der Zunge.

„Es gefällt mir nicht, dass eine sprechende Stimmgabel mehr über mich weiß, als ich mich erinnern darf!" Antonio Vivaldi wollte gerade ärgerlich den Weg über eine schmale, schmutzige Brücke einschlagen, da rief eine Stimme: „Maestro Vivaldi! Sie schickt der Himmel, Abbé! Die Probe! Ihr Nachfolger, der musikalische Leiter Signore Erdmann, hatte für heute eine Probe angesetzt, da wir morgen hohen Besuch zur Messe erwarten. Aber Erdmann liegt krank zu Bett. Maestro Vivaldi, Sie müssen uns helfen!" Aus einer schmalen Holztür trat ihnen eine hektisch winkende Nonne entgegen, deren weiße Kopfbedeckung in der Luft flatterte, obwohl es nahezu windstill war.

„Herr im Himmel, was nun?", stieß Vivaldi verzweifelt aus.

„Maestro, da müssen wir jetzt durch!" Forkys Ton klang plötzlich scharf wie französischer Senf und erinnerte Ben an Hermine aus den Büchern von *Harry Potter*.

„Sag einfach, du fühlst dich nicht wohl und hast Brechdurchfall. Da sieht man immer ausgetrocknet und grüngrau im Gesicht aus." Ben überlegte bei diesen Worten, ob er vielleicht Medizin studieren sollte. Eine gewisse Begabung für Heilberufe schien ihm angeboren.

„Denk jetzt nicht über deine Zukunft, sondern über das Hier und Heute nach!", forderte ihn Forky gereizt auf. „Hoffentlich geht das alles gut ..."

„Irgendwie fühle ich mich gläsern in deiner gedankenlesenden Gesellschaft", zickte Ben zurück.

„Könntet ihr beide freundlicherweise mal aufhören zu streiten und mich sofort verstecken? Aber ein bisschen dalli, wenn ich bitten darf!" Vivaldi wurde immer unruhiger.

„Abbé Vivaldi, was ist denn nun? Pronto, pronto!" Die Nonne winkte nun sogar mit ihrem Schleier, dafür wedelte Vivaldi mit seinem Taschentuch. „Ich ging davon aus, dass Sie heute am Lido weilen, so wie es Ihre Gepflogenheit an Samstagen ist. Daher hatte ich gar nicht erst nach Ihnen geschickt!" Die Nonne winkte ihn ungeduldig herbei.

„Ich komme ja schon, doch ich fühle mich sehr unpässlich, unpässlich, jawohl!", rief ihr Ben mit verstellter Stimme entgegen und hatte damit eine Entscheidung für die nächste Stunde getroffen.

Dem Maestro blieb nun gar nichts anderes mehr übrig, als für seinen Erzfeind Erdmann, der ihm die gute Stelle an der Pietà weggeschnappt hatte, die Probe zu halten. „Wie kannst du nur – so über meinen Kopf hinweg!", zischte er Ben zu. „Da hätte ich vorhin auch meine Familie besuchen können!"

„Prima", rief dagegen die Stimmgabel, „das wäre geritzt. Wir kommen mit!"

Die drei eilten der immer noch winkenden Nonne entgegen und betraten bald darauf einen Flur, der sich in dämmriger und modriger Weise vor dem hellen Tageslicht Venedigs versteckte.

„Ich danke Ihnen, sehr verehrter Maestro Vivaldi." Die Nonne sprach mit schmeichelndem Ton. „Die Dringlichkeit einer Probe ist groß. Denn wie schon erwähnt: Hoher Besuch erwartet uns morgen in der Messe. Außerdem fühlt sich Agrippina noch nicht sicher genug in ihrer Arie."

Vivaldi wischte sich mit Lavendel die Stirn. „Ich fühle mich sehr schwach, Schwester ... äh, Schwester ..." Er zupfte Ben am Ärmel und bat stumm um Hilfe, da ihm der Name der Nonne partout nicht mehr einfallen wollte. Ben reagierte sofort.

„Angenehm, Ben-Edward Picks", stellte er sich wohlerzogen der Nonne vor.

„Ebenfalls angenehm, Schwester Juditha", antwortete sie und verkniff sich ein: Wo haben Sie den denn aufgegabelt, Maestro? „Eigentlich darf der Junge nicht mit in das Waisenhaus hinein! Wie alt bist du?" Sie blickte ihn abschätzend von oben herab an.

„Zehn Jahre", log Ben. „Zehn Jahre und einen Monat."

„Na, so genau wollte ich es gar nicht wissen", murmelte Juditha und dachte bei sich: In diesem zarten Alter wird er meinen Mädchen nicht gefährlich werden können. Auch wenn er recht groß ist für seine zehn Jahre. Dann schob sie Vivaldi und den Jungen eine steile Wendeltreppe hinauf, an deren steingepflasterten Wänden viele verrostete Türschlösser hingen.

„Nicht so schnell, Schwester Juditha", meinte Vivaldi, der dank Ben die Nonne nun mit Namen anreden konnte. „Mein Asthma!"

Während sie die unebenen, aus Stein gemörtelten Stufen nach oben stiegen, hörte Ben lautes Gekicher und Gelächter durch den Treppenturm dringen. Die klingen ja fast wie in meiner Schule, schoss es ihm durch den Kopf.

Die Stimmgabel war die ganze Zeit still gewesen, denn sie hatte es sich kurz wieder in Bens Hosentasche bequem gemacht. Bei seinen Mädels-Gedanken kam sie allerdings schleunigst aus ihrem Versteck gekrochen. Mit einem neugierigen „Was ist denn das für ein Gekicher?" krabbelte sie in Ben-Edwards Hand. „Wie Nonnen klingen diese jungen Damen aber nicht!"
„Wieso wohnen die überhaupt hier?", wollte Ben von Forky wissen.
„Unten rechts neben dem Seiteneingang befindet sich eine Babyklappe", wusste die Stimmgabel zu berichten. „Dort hinein legen unverheiratete Mütter in der Nacht heimlich ihre Säuglinge, für die sie nicht sorgen können oder wollen. Wenn sie die Klappe schließen, klingelt das Glöckchen unten an der Pforte. Ein Signal dafür, dass wieder einmal ein armes Würmchen abgegeben worden ist."
„Was sind das denn für Rabenmütter!", meinte Ben empört.
„Besser, als die Kinder wie Katzen im Wasser zu ertränken", entgegnete Forky und zuckte mit den Schultern. „Ein Franziskanermönch aus Assisi gründete im vierzehnten Jahrhundert das erste Waisenhaus in Italien. Er wollte den verstoßenen Kindern den sicheren Tod ersparen. Insofern ist das doch eine super Sache, die sich bis ins einundzwanzigste Jahrhundert erhalten hat!

Zudem lernen die Mädchen hier am Ospedale sogar ein Instrument oder bekommen Gesangsunterricht."

Außer Puste hatten sie das obere Stockwerk erreicht.

Vor ihnen lag ein langer Gang, an dessen Seiten sich eine Tür an die nächste reihte. „Meine Damen, Maestro Vivaldi ist angekommen!", rief Schwester Juditha laut. „Er wird uns helfen! Ich bitte zur Probe!"

Augenblicklich öffneten sich mit einem Schlag alle Türen und entließen eine Horde gackernder Hennen in weißen Gewändern.

„Hallo, Abbé. Guten Tag, Maestro Vivaldi. Wie geht es Ihnen? Schön, Sie mal wieder zu sehen! Alt sind Sie geworden!", schwirrten die Stimmen durcheinander und trugen sich lärmend durch die schwere Luft des schummrigen Flures.

Ben lächelte verlegen und errötete leicht, als er die Blicke bemerkte, die ihm die ausschließlich weiblichen Bewohnerinnen des Waisenhauses zuwarfen. Er hoffte in diesem Moment inständig, dass sich weder sichtbare noch geruchsintensive Zeichen seiner Schweißtätigkeit an ihm bemerkbar machten. Er kratzte sich am Kopf. Das tat er in letzter Zeit häufig, wenn er sich schämte. Seine Großmutter hatte ihm schon vor einiger Zeit erklärt, dass dies mit der Pubertät zu tun hätte.

Ihm bot sich aber auch ein Anblick: paradiesisch! Groß, klein, dick, dünn die Figuren! Blond, braun, schwarz, rot die Haare! Schmal, breit, kurvig, eckig die Formen! Und die Augen, Münder, Nasen und … herrlich! An diesem Anblick konnten auch die weiten Gewänder der jungen Nonnen nichts verderben.
„Ben, hör auf zu schwärmen! Wir müssen auf Vivaldi aufpassen. Wenn der sich an zu viele Einzelheiten erinnert oder musikalisch etwas verändern möchte, was er zu Lebzeiten komponiert hat, sind wir dran!" Forky kitzelte energisch seine Handfläche und weckte ihn dadurch unsanft aus seinen Träumen.
„Eifersucht zwecklos, du bist mir zu alt", giftete Ben frech zurück und Miss Fork war auf der Stelle beleidigt. „Unverschämtheit! Von wegen eifersüchtig. Ich fühle mich für dich verantwortlich! Schließlich könnte ich deine Ur-Ur-Urgroßmutter sein."
Währenddessen waren sie der Horde gefolgt und versuchten ständig, sich in Vivaldis Nähe aufzuhalten.
„Bei welchem Takt der Arie wollen Sie die Probe beginnen?", fragte Schwester Juditha den Komponisten und rauschte mit schnellem Gang einem holzverzierten Tor entgegen.
„Äh … ich glaube, ich … äh … ich werde den Mittelteil der Arie noch verändern, da sie mir

nicht allzu gut gel... aua!" Die Stimmgabel hatte ihn gerade noch rechtzeitig in den Hals gezwickt. „Du kannst nichts mehr ändern!", zischte Forky ihm zu. „Denk gefälligst daran, verdammt!", schimpfte sie leise, aber bestimmt.

„... gelungen ist!" Vivaldi stampfte mit seinem Spazierstock auf, dass es in dem alten Gemäuer nur so hallte.

„Also, ich muss protestieren, Maestro! Aufs Entschiedenste ablehnen. Morgen bereits ist das Konzert. Wir können nichts mehr umändern. Das wäre den Mädchen nicht zuzumuten!"

Die Entschlossenheit in der Stimme der Nonne ließ einem das Blut in den Adern gefrieren und keine Widerrede zu. Mit energischem Schwung öffnete sie das Kirchentor, das den langen Flur mit dem Hauptgebäude verband, und schon wurden alle verschluckt von dem düsteren Innenraum der sehr schlicht gehaltenen Kirche. Kaum ein Sonnenstrahl hatte hier die Chance, eingelassen zu werden und somit dem Raum ein wenig Glanz zu verleihen. Die Gemälde an den notdürftig verputzten Wänden schwebten blass und müde über den Köpfen der Eindringlinge, die gerade dabei waren, der sonst hier herrschenden trägen Ruhe ein jähes Ende zu setzen. Das Schönste in dieser Kirche war eine Orgel, die sich majestätisch über Ben beugte, während sie von ihm bewundernd betrachtet wurde.

„Schau mal, Forky, die vielen silbernen Orgelpfeifen und die tollen Verzierungen aus Marmor und Stein!" Leise pfiff er durch seine Zähne.
Die Stimmgabel stimmte zu: „Ja, aber das Beste sind die schmiedeeisernen Gitter vor der Orgelempore. Kannst du dir denken, wozu die da sind?"
Nein, konnte Ben-Edward nicht, wusste es aber kurze Zeit später, als einige der Mädels sich hinter diesen Gittern aufstellten.
„Im Jahre 1711 ist es Frauen und Mädchen noch streng verboten, öffentlich in einer Kirche aufzutreten. Diese Regel wird sich erst 1870 endgültig auflösen. Bis dahin engagiert man für hohe Gesangslinien Kastraten. Das sind arme Jungs in deinem Alter, die kastriert werden, und deswegen nicht in den Stimmbruch kommen. Sie singen noch als erwachsene Männer wie Frauen. Hier an der Pietà gilt eine Ausnahme, allerdings nur unter der Bedingung, dass die Sängerinnen entweder mit Schleier, hinter diesen Gittern oder manchmal hinter weißen Tüchern musizieren." Die Stimmgabel schüttelte den Kopf. „2011 haben wir damit Gott sei Dank kein Problem mehr!"
„Obwohl in der katholischen Kirche Frauen noch immer keine Priester werden dürfen", gab Ben in bestem Allgemeinwissen zu bedenken.
„Meine Damen, bitte Aufstellung, macht hinne!",

rief Antonio Vivaldi mit modernstem Befehlston die Musikerinnen zum Probenbeginn. Schwester Juditha saß auf einem wackeligen Holzstuhl und beobachtete die ganze Szenerie mit streng verzogener Miene.
„Sic ist eine *Maestra della battuda*, eine Art Gouvernante", flüsterte Forky Ben zu. „Sie passt auf, dass Vivaldi den Mädels nicht zu nahe kommt. Unsittlich, versteht sich!"
„Was für ein ausgemachter Blödsinn!" Ben schüttelte sich vor Lachen. „Der alte Knacker doch nicht!"
„Vergiss nicht, dass sie alle hier der Meinung sind, der Maestro sei momentan dreiunddreißig Jahre alt", erinnerte ihn Forky.
„Nun, meine Damen", begann dieser, legte seinen Stock beiseite und steckte sein lavendelgetränktes Taschentuch in seinen Hemdkragen. „Gestern ..."
Bei diesem Wort hüpfte die Stimmgabel mit einem Satz auf seine Hakennase. Sie blickte ihm intensiv in seine wasserblaugrüngrauen Augen, strich ihm mit ihren Wimpern sanft über die Augenlider und sang auf einem klaren *a*-Ton: „Du wirst ganz ruhig, du wirst ganz schwer, du erinnerst dich nicht mehr ... melodiemelodiemelodie!"
Vivaldi torkelte hypnotisiert, griff sich an die Brust, röchelte und schnippte die Stimmgabel

von seiner Nase, dass die in hohem Bogen auf die kalten Steinfliesen der Kirche klirrte. Dann fuhr er in seinem Satz fort, als ob nichts geschehen wäre: „... melodiemelodiemelodie ... veranstalteten Sie sicherlich nicht solch geräuschvollen Lärm mit ihrem Gestühl. Habe ich recht? Wo waren Sie stehen geblieben?" Vivaldi begann, eine riesige Kaugummiblase zu kreieren.
„Takt 93, Maestro, Forte-Stelle", antwortete eine Geigerin vorne links.
Ben kicherte, während er die arme Forky vom Boden aufhob. „Melodiemelodiemelodie? Was soll das denn sein? Was labert Antonio da?"
Die Stimmgabel wischte sich Schweißtröpfchen von ihren Wimpern. „Mir wurde das allmählich zu brenzlig mit diesen Erinnerungsmomenten. Ich habe jetzt zum Äußersten gegriffen und bei ihm mittels Hypnose eine anhaltende Erinnerungssperre für die Dauer seines Aufenthaltes hier auf Erden installiert. Das ist wirklich sicherer. Ich kann ja nicht ständig auf ihn aufpassen! Melodiemelodiemelodie ... understand?"
„Oh, du geniale, schnuckelputzige Stimmgabel, du! Ich hab dich lieb!" Ben fühlte sich so erleichtert darüber, dass Forky mit dieser Hypnoseaktion seine Rückkehr nach Graz wahrscheinlicher machte, dass er sich zu Gefühlsausbrüchen hinreißen ließ, die er normalerweise eher peinlich fand. Daher lenkte er schnell ab und fragte

mit einem Blick auf das Mädchen, das eben geantwortet hatte: „Du, hör mal, warum spricht der Maestro nur mit ihr?"
„Das ist die Konzertmeisterin, auch erste Geige genannt. Sie gibt den Ton an", quietsche Forky laut auf, denn der Ton, den das Mädchen in diesem Moment anstimmte, war alles andere als rein. Im Ospedale della Pietà schien man um diese Zeit noch nicht mit einer ihrer Geschwister zu arbeiten.
Maestro Vivaldi begann zu schwitzen. „Agrippina, dein Einsatz!" Er zeigte zu einer Nonne, die auf der Orgelempore hinter dem Gitter stand und ein Buch in der Hand hielt. Ben konnte ihre Augen nicht erkennen, da sich eine in Gold geschmiedete Rose mit langen Blättern frech zwischen ihr Gesicht und seinen schmachtenden Blick drängte. Aus dem Schleier der Sängerin quollen dicke, dunkelblonde Locken hervor und fielen bei dem ersten Ton ihres Gesanges wie erleichtert auf die Schultern herab.
„Gut, der Einsatz war sicher!", lobte Vivaldi sie von unten. „Morgen bitte genauso. Wir beginnen nochmals von vorne und ziehen dann durch!" Plötzlich runzelte er verwirrt die Stirn und fragte Schwester Juditha: „Um welches meiner Stücke handelt es sich hierbei eigentlich?"
Die Mädels kicherten bei der Frage und Juditha antwortete besorgt: „Abbé Vivaldi, Sie wirken

sehr unpässlich. Trinken Sie denn genug? Sie sehen um Jahre gealtert aus!"

Antonio schüttelte verwundert sein Haupt und hoffte, dadurch wieder zu Erinnerung zu gelangen. Hypnotisiert und wie im Rausch führte er die Probe zu Ende.

Ben-Edward aber fühlte sich ebenso hypnotisiert. Wenn auch nicht von Forky, sondern von dem herrlichen Klang der Instrumente – und noch viel mehr von der wunderbaren Stimme Agrippinas.

6. Kapitel

oder Ben-Edwards erster Hauch und das geheimnisvolle Tagebuch

Viel zu schnell hatte der Maestro – Bens Geschmack nach – die Probe zu Ende geführt. Noch viel, viel länger hätte er Agrippinas herrlicher Stimme lauschen wollen.
Vivaldi und Forky wischten sich erschöpft und in trauter Zweisamkeit mit dem Lavendeltaschentuch die Stirn.
Das war ja noch einmal gut gegangen! Die Stimmgabel war sich stets darüber im klaren, dass sie für Ben-Edward eine große Verantwortung trug. Bei allem Spaß und Abenteuer wollte sie ihn doch nicht dem Risiko aussetzen, frühzeitig diese Erde verlassen zu müssen!
Sie klopfte dem Komponisten anerkennend auf die Schulter. „Gut gemacht, Antonio. Wirklich gut!"
Auch Schwester Juditha dankte ihm mit den Worten: „Maestro Vivaldi, wir wissen, was wir an Ihnen verloren haben!" Dazu klatschten alle Musikerinnen. Vivaldi dankte ihnen, indem er charmant in die Runde winkte. Dann blickten er und Forky sich nach Ben-Edward um, konnten

ihn aber in dem Gewühl der Mädchen und deren Instrumente nicht ausfindig machen.

Forky bekam einen gehörigen Schreck. Bislang war ihr der Junge nicht von der Seite gewichen. Auch Vivaldi schien nervös. Nach einem zwölfjährigen Jungen in Venedig zu suchen war schlimmer, als einen Sack Flöhe zu hüten.

„Ben? Ben!", klirrte die Stimmgabel verschreckt. Aber Ben-Edward konnte sie nicht hören. Er lief schon längst an der Seite Agrippinas aus der Kirche heraus in einen Garten, der mit seinen Blüten und Blättern jetzt, in der herbstlichen Nachmittagsstimmung, wunderbar zu der Farbe ihrer Haare passte.

„Wer bist du?", fragte Agrippina Ben. „Habe ich dich hier schon einmal gesehen?"

Ben roch unauffällig an seinen Achseln und beugte sich danach befreit zu Agrippina. „Ich heiße Eduardo und bin ein Schüler von Maestro Vivaldi. Manchmal reise ich nach Venedig, um mich von ihm im Violinspiel unterrichten zu lassen", antwortete er lässig und dankbar zugleich, dass ihm so schnell der Name Eduardo in Anlehnung an Edward eingefallen war.

„Der Meister wirkte heute verwirrt. Sonst ist er solch ein brillanter Virtuose und Kompositeur."

Agrippina lächelte sanft und schob ganz unauffällig ihren Schleier vom Kopf. Dann zog sie Ben neben sich auf den Rand eines alten Steinbrun-

nens und bat ihn: „Kannst du mir bitte mein Haar lösen? Ich gelange so schwer an meinen Hinterkopf!" Schon führte sie seine Hand zu einem dicken Knoten, durch den die blonde Flut gebändigt wurde. Ben wusste gar nicht, wie ihm geschah. Die Mädels im Venedig des achtzehnten Jahrhunderts gingen aber ganz schön ran! Dabei waren sie doch Nonnen!
Aber natürlich wollte er das wunderschöne, ebenmäßige Gesicht Agrippinas mit offenen Haaren sehen, und so folgte er der Aufforderung langsam und schüchtern.
Ihr Anblick raubte ihm den Atem. Jetzt hätte er dringend das Lavendeltuch von Antonio gebraucht. So musste sich der Meister in seiner Luftnot fühlen! In Ben ploppte die Frage auf, ob Antonio Vivaldi nur in engen Gassen und während der Messe unter Asthma litt oder ebenfalls beim Anblick der vielen, reizvollen Mädels im Ospedale!
„Ben-Edward Picks, eigentlich musst du diese Nonne mit der wunderbaren Stimme und den bernsteinfarbenen Augen sofort hier und jetzt, im September des Jahres 1711, küssen!", bildete er sich ein, Seelentreter gehört zu haben.
„Seit wann lebst du in der Pietà?", wollte Ben wissen, bevor er in Versuchung kam, dem Verlangen Seelentreters nachzugeben.
„Seit meiner Geburt", antwortete die Schöne und

legte sich seine Hand auf den Schoß. „Was hast du für wunderbar muskulöse Hände und Arme, Eduardo. Wo kommst du her?"
„Ich ... äh, ich komme aus der Nähe von Rimini, nicht weit von hier", gab er schnell zur Antwort und war froh, von dem Badeort schon einmal gehört zu haben, da sein Freund Obermeier Alfons jeden Sommer mit seinen Eltern dorthin in den Urlaub fuhr.
„Eduardo", ließ die schöne Nonne nicht locker. „Eduardo, hast du schon einmal ein Mädchen geküsst?" Ihre Augen zogen ihn bei dieser Frage in bernsteinfarbene Tiefen.
„Ja, schon öfter, aber ...", flunkerte er hilflos und war froh, dass Vivaldi und die Stimmgabel nicht auch auf dem Brunnenrand saßen.
„Dann tu es jetzt mit mir, küsse mich!" Agrippina beugte sich dem überrumpelten Ben-Eduardo entgegen, schloss die Bernsteine und wartete mit ihren gekräuselten Lippen auf die seinen. Behutsam hob er seine Hand von ihrem Schoß, berührte damit Agrippinas Wange und schickte ganz zart einen Hauch hinterher, keinen Kuss, nein, einen Hauch eben.
Das Mädchen öffnete langsam die Augen, blickte ihn erstaunt an und meinte dann: „Das war aber romantisch. So einen zärtlichen Kuss habe ich noch nie in meinem Leben bekommen!" Sie strich mit ihrem Zeigefinger vorsichtig über

seine Hand. „Die Männer, die um uns freien, sind entweder alt und abstoßend oder jung und forsch. Die wollen alle nur das eine." Sie spielte traurig mit einer Haarsträhne.

Ben verstand die Welt nicht mehr. „Wieso halten Männer um eure Hand an? Ich denke, ihr seid Nonnen. Die heiratet man doch nicht!"

„Ach, Eduardo, du Dummerchen. Glaubst du wirklich, dass die Waisenhäuser Venedigs es sich leisten könnten, alle Mädchen, die in die Klappe gelegt werden, auf Dauer durchzufüttern? In welcher Welt lebst du denn?" Nun, diese Frage konnte er ihr schlecht beantworten. Sie fuhr fort: „Zwar darf uns kein Mann während der Konzerte in der Kirche sehen, aber es gibt die Möglichkeit der Bestechung. Was meinst du, wie oft sich ein männliches Wesen in unsere Kammern ‚verirrt'." Beim letzten Wort verzog sie zynisch ihren wunderschön geschwungenen Mund, während sie Anführungszeichen in die Luft malte. „Für ein paar Lire findet sich immer jemand, der liebestolle Verehrer einlässt. Die Not ist groß, auch hinter unseren Mauern."

Ben traute seinen Ohren kaum. Das war ja der reinste Mädchenhandel. Wozu gab es dann die Maestre della battuda?

„Sogar Maestro Vivaldi und die anderen Lehrer machen uns manchmal schöne Augen. Aber sie sind nicht gefährlich, sie erfreuen sich nur an unserem Anblick und an unserer Musik."

„Aber Antonio Vivaldi, mein Lehrer, er ist doch zudem noch Priester!", entrüstete sich Ben.

„Ach je! Viele Priester in Venedig fühlen sich wie Hähne im Hühnerstall", entgegnete da Agrippina lachend, „denn sie haben Vorteile, die ihnen Tür und Tor öffnen. Doch der Maestro Vivaldi hat hauptsächlich seine Musik im Kopf. Die ist ihm eh am wichtigsten."

Ben dachte bei sich: Wenn du wüsstest, liebe Schöne. In ein paar Jahren wird es eine Sängerin namens Anna in seinem Leben geben. Doch sagen konnte er nur: „Ich würde dich so gerne aus dem Gefängnis hier rausholen, Agrippina. Aber es geht leider nicht, ich könnte nicht für uns sorgen."

Sie umarmte ihn stürmisch. „Mir geht es ganz gut hier, Eduardo. Ich bin eine Privilegierte, eine Ausgesuchte. Wegen meiner Stimme. Ich erhalte jeden Morgen eine Extraportion Honig und am Mittag einen Schlag Hafergrütze mit Fett. Mit mir verdient sich die Pietà ein Ansehen, da ich berühmt bin für meinen Gesang." Sie fuhr Ben sachte über die Haare. „Doch du kannst mich ja öfter mal besuchen kommen, und wenn du älter bist und einen guten Beruf erlernt hast, dann darfst du um meine Hand anhalten. Ich werde warten auf dich, Eduardo."

Mit diesen Worten stand sie von der Brunnen-

mauer auf, gab Ben einen leichten Abschiedskuss auf die Stirn und ließ sich wieder von den dämmrigen Steinmauern verschlucken.
Ben blieb noch eine ganze Weile in diesem wunderbaren Garten mit seinen herbstlichen Blumen und Sträuchern. Der süße Duft von mediterraner Luft stieg ihm in die Nase und verstärkte sein romantisches Gefühl, das Agrippina bei ihm hinterlassen hatte. Odette war er noch nie so nahe gekommen, obwohl er sich oft danach gesehnt hatte.
Wie es ihr wohl ging? Unbedingt wollte er ihr von seiner Reise nach Venedig schreiben, auch wenn der Brief wieder nur im Muschelkästchen landen würde. Agrippina – Odette, Odette – Agrippina ...
Während er durch den Garten schlenderte und die Ruhe genoss, die sich behutsam um ihn legte, stieß sein rechter Fuß plötzlich an einen Gegenstand, der im Staub des Kiesweges lag und unter seinem Fuß leicht nachgab. Er bückte sich und erkannte ein altes, abgewetztes Buch in einem braunen Ledereinband, dessen unzählige Schmutzflecken fast schon ein grafisches Muster ergaben. Erschöpft von den vielen Eindrücken und dem stundenlangen Umherlaufen hockte Ben sich in eine Mauerecke auf den warmen Rasen, öffnete vorsichtig ein rotes Bändchen, das dieses Buch zusammenhielt, und blätterte

auf die erste Seite, deren Buchstaben ganz verwaschen und daher nur schwer zu entziffern waren.

Es ist einer dieser ekligen, nasskalten Morgen, an denen man sich lieber noch einmal auf der Lagerstatt umdreht und die kratzige Leinendecke, deren Löcher mal wieder gestopft werden müssten, über die nackten Schultern und die abgemagerten Hüften zieht. Je abgemagerter, umso kälter. Das ist eben so. Gerne hätte ich es anders, aber das Essen ist rar, weil Arbeit rar ist. Viele meiner Freundinnen – oder nein, keine Freundinnen, es sind eher Leidensgenossinnen – gehen den letzten Ausweg der Käuflichkeit. In diesen Häusern, da mag ihnen auf der Haut vielleicht wärmer sein, aber innerlich im Herzen, da sind sie kalt geworden.

Kalt und frustriert und wund. Nein, das will ich ganz gewiss nicht. Da zieh ich mir lieber meine kratzigen Socken und Hemden über, schlürfe zum Frühstück heißes Zuckerwasser, das ich zuvor auf der Feuerstelle erwärmt habe, und gehe meines Weges zu Signora Castello. Zum Putzen und zum Wäschewaschen. Es gibt Schlimmeres. In der Wäschekammer wird mir wenigstens warm. Aber der Nebel, der legt sich ja nicht nur vor die Augen, der legt sich auch auf mein Gemüt und meine Brust.

Keine Sonne seit sechs Wochen in Venedig. Nur

Nebel, Niesel, Nässe. Ich will mal wieder etwas Schönes sehen. Irgendein Bild oder eine Blume. Oder schöne Menschen. Die sieht man in letzter Zeit auch kaum mehr.
Während meine Gedanken mich auf dem Weg zu Signora Castello begleiten, fällt mir ein, dass heute wieder ein Junge kommt. Einer von denen, die mal ein großer Sänger werden sollen. Ein berühmter Kastrat. Die Castello hat ja offiziell eine Wäscherei, mit großen Holzzubern und heißem Wasser. In einem der Hinterhöfe, unter denen nicht einmal eine Maus begraben sein will. Dort werden sie dann heimlich hingebracht, die Jungen. Mal von ihren Eltern, mal von einem Geschwister. Wie die am Anfang alle schauen, so scheu und ängstlich mit ihren großen braunen Augen. Ihr Anblick erinnert mich stets an ein Reh, das vor seinem Jäger steht. Aber ich denke, sie wissen nicht, was mit ihnen geschehen wird. Niemand hat es ihnen gesagt, und ich glaube, das ist auch besser so.
Die meisten von ihnen sind höchstens zwölf oder dreizehn Jahre alt und Signora Castello flößt ihnen zu Anfang immer einen kräftigen Schluck Rotwein ein. So jung, wie die sind, so schnell werden sie davon auch schwindelig und müde. Bei den Älteren drückt sie auch mal fest auf den Hals, damit sie bewusstlos werden. Grausam. Doch so spüren sie das brühendheiße

Wasser nicht, in das sie nackt gelegt werden. Es geht dann alles sehr schnell, ein kleiner Schnitt – und der Zuber färbt sich rot wie der Wein, den sie vorher getrunken haben. Signora Castello ruft dann immer: „Evviva il coltellino", es lebe das Messerchen! So wissen die Eltern oder Geschwister, dass die Kastration vorbei ist. Meine Aufgabe ist es dann, heiße Asche mit Rotwein und Rosenöl zu vermischen. Die Castello presst die Pampe auf die blutende Wunde zwischen den Beinen, manchmal nimmt sie auch Alaunwurzel, aber die ist nicht so wirksam, meint sie. Die verstümmelten Knaben sind jetzt Kastraten geworden, und eines Tages singen sie so schön, dass sie bei Hofe im Dienste von Königen und Grafen stehen werden.

Aber ich weiß, einige erkranken nach dem Schneiden. So schlimm, dass sie manchmal sterben müssen. Das hat mir Victoria erzählt, sie muss es wissen; sie putzt im ganzen Haus die Böden und hört immer viel Geschwätz.

Heute Nacht habe ich geträumt, dass ein Junge gestorben ist, während ich der Castello die Aschepampe gereicht habe. Alles war tiefrot, ihre Schürze, der Steinboden, meine Arme und Beine, einfach alles ... ich kann mit der Schuld gar nicht leben ... Gott sei Dank ist alles nur ein Traum gewesen.

Venedig, im November 1709

Als Ben das lederne Buch zuklappte, spürte er einen dicken Kloß im Hals und erinnerte sich an Forkys Erklärung über singende Kastraten in der Kirche. Mit der Zungenspitze leckte er eine salzige Träne von seinem Oberlippenflaum und es wäre ihm vollkommen egal gewesen, wenn ihn dabei jemand beobachtet hätte. Gerade hielt er die schlimmsten Zeilen in Händen, die er je gelesen hatte: den Tagebuchbericht über einen Jungen, der nicht viel älter sein konnte als er selbst. Der kastriert wurde, indem man ihn betrunken machte, nur um später eventuell Geld mit seiner Stimme verdienen zu können. Egal, ob er an dem Eingriff starb oder nicht. Was war dagegen schon eine Salzträne unter den vielen, die nach und nach über sein Gesicht rollten. Ben schniefte und musste an die unzähligen Kinder auf der ganzen Welt denken, die zu harter Arbeit geprügelt wurden, die Misshandlungen erlitten oder vor Kriegen flohen – allein gelassen und ohne Schutz. So wie der Neven und die Ylva aus seiner ehemaligen Parallelklasse in München. Die beiden waren Flüchtlinge aus dem Kosovo und Ben hatte Neven damals ein Lichtschwert geschenkt, weil der noch gar kein Spielzeug hatte. Oma erinnerte ihn manchmal an Neven und Ylva, wenn er wieder einmal sein Pausenbrot nicht aufgegessen hatte, sein Zimmer aufräumen sollte oder schlechte Laune versprühte, weil seine Mutter ihm ein Videospiel, das er sich sehnlichst wünschte, nicht kaufen wollte. „Für euch Wohlstands-Kids ist alles immer so selbstverständlich", meinte seine Großmutter dann immer. „Ihr haltet einfach die Hand auf und alle Wünsche segeln sicher hinein. Das war nicht immer so und ist auch in weiten Teilen der Welt bis heute noch nicht so!"

Jetzt wusste Ben, was sie damit meinte. Er schämte sich innerlich, war aber gleichzeitig heilfroh darüber, dass er im Vergleich dazu nur ein mikrokosmos-kleines Problem hatte: Er musste nur mit einer sprechenden Stimmgabel und einem ewig nörgelnden, eigentlich dreihundertdreiunddreißigjährigen Komponisten im Venedig von 1711 herumgurken. Ben seufzte tief: Warum nur wurden Kinder geboren, wenn sie eh nicht erwünscht waren? Er musste an die Tafel am Eingang der Pietà denken. Welcher Gott ließ das zu? Vivaldis Gott? Da konnte er den Maestro direkt verstehen mit dessen Entschluss, besser als Komponist denn als Priester zu arbeiten. Aber Gott konnte eben nicht überall sein, leider.

Zärtlich strich Ben über den ledernen Einband. Welches Leid musste die Schreiberin erfahren habe, um so traurig und direkt ihrem Herzen Luft zu machen. Und nun hatte sie das Buch auch noch verloren. Es war ja wie ein Tagebuch, und der Inhalt darin sicher nicht für Fremde bestimmt. Aber wie sollte er sie finden? Einer Nonne der Pietà konnte es nicht gehören, die putzten bei keiner Signora Castello. Nein, es musste ein Mädchen von außerhalb sein. Eines, das sich manchmal heimlich in diesen wunderschönen Garten schlich, um Ruhe zu tanken für das harte Leben, dem es ausgesetzt war. Sicher lag das Buch schon länger hier. Es wies ja auf Einband und Blättern einige Wasserflecke auf, die nicht nur von seinen Tränen stammten. Für ihn war es bestimmt aussichtslos, in der kurzen Zeit seines Venedig-Aufenthaltes die Schreiberin zu finden. Das Mindeste, was er in ihrem Sinne tun konnte, war, es für die Nachwelt gut aufzubewahren.

Ihm kam sein Vater in den Sinn. Dem würde er das lederne Tagebuch heimlich auf den Schreibtisch legen und der neugierige Musikwissenschaftler in ihm würde es ganz sicher hüten wie einen Schatz. Erleichtert über diese Idee, verstaute Ben den Fund in seinem Priestergewand und machte sich auf, die Stimmgabel und Antonio Vivaldi zu suchen. Sicher waren die noch in der Kirche und plauderten mit der Vergangenheit.

Seite 130

7. Kapitel
oder zu welchen Abenteuern Liebestaumel führen kann

Als Ben jedoch auf dem Vorplatz ankam, war es dort menschenleer. Er bekam einen riesigen Schreck. Wo waren die beiden hingegangen? Ohne ihn! Hätten sie nicht auf ihn warten können? Dass er derjenige war, der sich in einem Anflug von Liebestaumel von der Truppe entfernt hatte, entging ihm dabei total.

Er steuerte auf den Markusplatz zu, dem Platz, auf dem er vor ein paar Stunden unsanft gelandet war. Der große Campanile dort war ihm ein zuverlässiger Wegweiser. Sein Dad hatte ihm immer eingeschärft: „Falls wir uns einmal in einer fremden Stadt verlieren sollten, Edward, dann treffen wir uns stets am Ausgangspunkt wieder!" Diese Regel stammte zwar noch aus der Zeit ohne Handys, war aber für 1711 sicher sehr nützlich.

Immer wieder blickte er sich um, während er an der Riva degli Schiavoni entlanglief. Ihm war unheimlich zumute und er vermisste Forky und sogar den ewig nörgelnden Vivaldi. Wenn er dem jetzt begegnen würde, er würde ihn glatt umarmen. So einsam fühlte sich Ben ohne seine

Freunde.

Zögernd bog er in die Ruga Giuffa ein. Er wusste, dass es gefährlich sein würde, alleine dort hindurchzulaufen. Nicht umsonst hieß die Gasse *Gaunerstraße*. Doch dies war der direkte Weg zurück zum Markusplatz, und dort wollte er so schnell wie möglich hin.

„Na, Junge, haste was zu verkaufen?", fragte ihn ein einäugiger, humpelnder Bettler, der wie fünf Tage getragene Tennissocken roch.

„Lass mich in Frieden, du Heini!", gab Ben in bestem Italienisch zur Antwort. Doch hätte er sich diesen Satz besser sparen sollen.

„Wie haste mich genannt, du Zwerg? Na warte, dir werd ichs zeigen!" Er pfiff zweimal durch die vier Zähne, die einsam seinen Mund zierten, und schon war Ben umringt von mindestens zehn Bettlern, die so schrecklich aussahen und stanken, dass er sich am liebsten sofort nach Graz zurückgebeamt hätte.

„Ich habe das nicht so gemeint, sorry", beeilte er sich, sie zu beschwichtigen. „Bitte, lasst mich gehen, ich habe keinen einzigen Scudo bei mir!" Ihm war mulmig zumute und er hoffte auf das Wunder in Form eines um sich schlagenden Spazierstockes mit Gänsekopfgriff und einer magischen Stimmgabel, die alle Gaukler und Halunken im Umkreis von einhundert Kilometern in faule Melonen verwandeln konnte.

„Sieh an, sieh an, wen haben wir denn da? Einen jungen Priester?" Einer der Bettler trug eine venezianische Halbmaske in Form eines schwarzen Raben. Unter dieser Maske stieg aus seinem gefransten Faulzahnmund eine dichte Wolke übelsten Mundgeruchs in Bens Nase empor.
„Lass mich! Ich bin kein Priester!", sträubte sich Ben.
„Nein? Das wollen wir doch mal sehen!" Der Übelriechende begann, an dem Priestergewand zu ziehen.
Ben wehrte sich mit aller Macht. Er schlug mit seinen basketballerprobten Fäusten um sich und hoffte dabei, wie beim Kegeln mindestens neun der Bettler auf einmal k.o. schlagen zu können. Allerdings funktionierte das nicht ganz. Er fühlte, wie er plötzlich von vielen stinkigen schwarzen Fingern befummelt wurde, die alle versuchten, ihm das Gewand vom Körper zu reißen.
Gerade, als das dicke Leinen nachzugeben drohte, erscholl lautes Geschrei am anderen Ende der Gaunerstraße. Die Schmutzfinger hörten auf zu grabschen, zingelten Ben aber ein, sodass der keine Möglichkeit hatte, sich aus dem Staub zu machen.
„Macht ihn fertig! Peitscht ihn aus! Jagt ihn zum Campo Rialto!", hörte Ben seine Peiniger rufen. In der Ferne konnte er viele Menschen erken-

nen, die sich ihnen mit lautem Getöse näherten. Sie scheuchten einen nackten alten Mann vor sich her und hieben mit Strohbesen und Lederpeitschen auf seinen bereits wunden Rücken ein.
„Jagt ihn zum Gobbo! Jagt ihn zum Gobbo!", stimmten Rabenmaske und Vierzahn in das Gejohle mit ein. Erst jetzt bemerkte Ben, dass unzählige Lederhandschuhe am Wegrand lagen, vor denen sich der Nackte verbeugen musste, während er weiter die Gasse entlanggepeitscht und -getrieben wurde.
Ein günstiger Augenblick um abzuhauen, dachte Ben. Gerade wollte er aus der Bettlermenge rennen, da schnellte ihm eine Hand entgegen, die sich in seinen Locken verfing und schmerzhaft daran zog.
„Hiergeblieben, Priesterlein. Du kommst mit uns!"
„Keine Lust!", schrie Ben. Ihm war zum Heulen elend. Wo steckten nur Vivaldi und die Stimmgabel?
Die schrecklichen Männer kreisten ihn ein. Sie trieben ihn hämisch grölend hinter dem Nackten her, in Richtung Rialto-Brücke.
Ben stolperte ständig mit seinen Sneakers über den Saum des langen Priestergewandes. Ein paar Mal fiel er sogar auf das schmutzige Kopfsteinpflaster, wurde aber immer wieder gleich von einem dieser abstoßenden Bettler unsanft auf

die Beine gestellt.

„Weiter, weiter!", drängten sie ihn. „Wegen dir verpassen wir noch das Spektakel!"

Welches Spektakel sie meinten, war Ben egal. Er wollte nur noch raus; raus aus diesem Albtraum. Der Kloß von vorhin machte sich wieder in seinem Hals bemerkbar. Einer der Bettler packte ihn am Oberarm und zerrte ihn die Stufen der Rialto-Brücke hinauf. Die kannte er von vielen Bildern in seinem Geschichtsbuch, von Kalenderblättern sowie aus den Commissario-Brunetti-Krimis von Donna Leon, die seine Großmutter regelmäßig verschlang.

Wie gerne hätte er diese mächtige Riesentreppe in Ruhe betrachtet! Aber nein – schon wurde er in den Rücken geboxt und flog vielmehr, anstatt zu laufen, die Treppen auf der anderen Seite wieder hinunter.

„Küss den Gobbo! Küss den Gobbo di Rialto!", hörte er nun die Menge wieder schreien, und seine Entführer kreischten dabei am lautesten.

Der nackte alte Mann wurde zu einer Steinstatue geführt, die einen ebenfalls nackten Mann zeigte, der auf einer kleinen Treppe kniete und eine Steinsäule auf dem Kopf balancierte.

„Ruhe! Ruuuhe!" Der Ruf kam von einem Mann in wuchtigem Samtgewand, der auf dem Kopf einen schwarzen Hut mit breiter Krempe trug. In seiner Hand hielt er eine gelbe Papierrolle, die er langsam öffnete. „Hier steht: zur Anklage Giuseppe Bramolo. Ihm wird vorgeworfen, die Waage auf dem Markte des Campo Bragora verstellt zu haben. So konnte er sich den Vorteil von mehreren Tonnen Mehl verschaffen. Er wird verurteilt, den Gobbo di Rialto zu küssen, das Mehl zurückzuerstatten und dreißig Tage den Boden in den *I Pozzi*, den Gefängnissen im Dogenpalast, zu schrubben." Der Mann blickte kurz in die Menge. „Ansonsten wandert er für sechzig Tage selbst dort hinein!"

„Küss den Gobbo, küss den Gobbo!", rief die aufgebrachte Menge immer lauter.

Ben fragte sich, warum er nicht imstande war, bei dieser günstigen Gelegenheit zu flüchten. Schließlich waren die Bettler gerade allesamt abgelenkt. Doch er merkte, dass mittlerweile jeder der Zehn einen Zipfel seines Gewandes gepackt hatten, um daran zu ziehen, während sie gemeinsam lauthals mit der Menge grölten.

Der Nackte beugte sich der Steinfigur entgegen. Er küsste sie dreimal beschämt, bevor er sich zum wiederholten Male demütig vor den Lederhandschuhen verneigte, die um den ganzen Platz verteilt lagen. Danach warf er sich vor dem mächtigen Herren mit der Anklageschrift und dem schwarzen Hut zu Boden. Er hob wimmernd seine Arme und winselte: „Gnade, mein Herr! Gnade!"

„Abführen", rief der und schnipste zwei Wärter herbei, die bislang in gebührendem Abstand im Hintergrund auf ihren Einsatz gewartet hatten.
„Halt, halt! Ich werde hier festgehalten und entführt!", schrie Ben-Edward Picks auf einmal todesmutig in die Menge. „Helfen Sie mir! Befreien Sie mich von diesem Gesindel!"
Hatte er tatsächlich gedacht, dass die Polizisten sich nun auf die Bettler stürzen und ihn, Mister 2011, aus den Fängen dieser Verbrecher befreien würden, so hatte er sich getäuscht! Niemand, aber auch wirklich niemand auf diesem Platz nahm von ihm Notiz. Außer, die Bettler selbst.
„Das würde dir so passen, Jüngelchen! Mit dir machen wir Geld!" Vierzahn nahm Schwung und begann, das sackleinene Priestergewand in Stücke zu reißen, was gar nicht so einfach war. Ben fühlte sich schrecklich. So musste es am Karfreitag mit Jesus' Kleidern geschehen sein, um die sich die Soldaten stritten.
Dong-Dong-Dong! Er hörte eine dumpfe Glocke schlagen. Drei! War es schon drei Uhr? Spätestens um fünf mussten sie Venedig verlassen, wenn er um sechs am Abendbrottisch sitzen wollte. Er hatte Angst, nicht pünktlich zu seinund der Kloß im Hals stieg immer höher und höher.
„Helft mir!", forderte Vierzahn den Rest der Gauner auf, das Gewand endgültig in Stücke zu teilen. „Sicher hat er darunter einen Geldbeutel.

Los, beeilt euch!" Und zu Ben geneigt meinte er hämisch: „Mach dir nicht in die Hosen, du Weichei!" Bei aller Ängstlichkeit wunderte sich Ben doch, dass es 1711 auch schon solche Schimpfwörter gab. Da hatte sich scheinbar nicht viel verändert.

Plötzlich war es so weit! Einer der widerlichen Bettler, der bereits Hochgebirgsmuskeln erreicht hatte, griff an Bens Brust und riss mit einem Ruck das Gewand entzwei.

Und dann? Dann geschah etwas völlig Unerwartetes.

Mit einem lauten Aufschrei wichen die zehn Männer von Ben-Edward Picks zurück und starrten wie von Blitz und Donner gerührt auf … das Abbild des hünenhaften, blond gelockten Basketballspielers Dirk Nowitzki, der sich in imposanter Größe mit seinem signalblauen NBA-Trikot Nummer 41 auf Bens Sweatshirt den Blicken der Gauner entgegenstreckte.

„Der Teufel! Er ist mit dem Teufel im Bund! Der junge Priester ist ein Wolf im Schafspelz!" Alle zehn schrien durcheinander, wichen immer mehr von Ben und Dirk ab, funkelten dabei den Jungen mit giftigen Blicken an.

„Bääähhhh!", blökte Ben und machte dazu eine schreckliche Fratze, bevor er auf einmal spürte, wie jemand an seinem rechten Arm zerrte und ihm zurief: „Los, ich bringe dich weg von hier!"

Es handelte sich um einen Jungen seines Alters, der ihn ein wenig an den Emil aus dem Buch *Emil und die Detektive* von Erich Kästner erinnerte.

Erleichtert raffte Ben seinen zerrissenen Mantel zusammen, fasste den Jungen bei der Hand und rannte an dessen Seite so schnell er konnte dem Campo di Rialto und den schrecklichen, aber immer noch vom Donner gerührten, zehn Bettlern davon.

Auf einem Kirchplatz, dessen Turmuhr zwanzig Minuten nach drei zeigte, kamen beide zum Stehen.

„Das hier ist die Kirche San Zulian. Hier bist du in Sicherheit." Der Junge führte Ben zu einem niedrigen schmiedeeisernen Tor, welches in einen kleinen Garten führte. Schön war es hier. Ruhig und voller Blumen und Sträucher. Hinter einer Hecke mit gelben, honigduftenden Blüten entdeckte Ben eine Holzpritsche, auf der eine zerschlissene Wolldecke lag.

„Schläfst du hier?", fragte er seinen Retter. „Vielen Dank übrigens. Mein Name ist Eduardo."

„Carlo, hi! Gern geschehen! Ja, im Sommer schlafe ich hier. Ich mag Olivenbäume und Oleander. Im Winter gehe ich meistens in ein Waisenhaus. Da ist es warm und ich bekomme regelmäßig was zu essen." Er zupfte an Bens Mantel. „Geklaut, oder? Lebst du auch auf der

Straße? Hab dich noch nie hier gesehen."
Ben nickte nur. Was hätte er auch sagen sollen!
Carlo hielt ihm die Hand hin. „Hast du mal 'n paar Scudi? Ich bin hungrig!"
Ben schämte sich dafür, verneinen zu müssen. Gerne hätte er sich seinem Retter gegenüber erkenntlich gezeigt. „Tut mir verdammt leid, aber meine Taschen sind auch leer. Ich hab heute noch kein Geld eingenommen. Wegen der Zehn. Du verstehst?"
Carlo zeigte auf Bens blaue Swatch-Uhr. „Und was ist das da? So was habe ich noch nie gesehen. Eine Uhr? Ich könnte sie verkaufen."
Ben wand sich und versteckte sein Handgelenk schnell hinter dem Rücken. „Lieber nicht, die habe ich zu Weihnachten von meinen Eltern geschenkt bekommen."
„Schade, kann man nichts machen", meinte Carlo achselzuckend. „Jedenfalls, hüte dich vor denen, die sind echt gefährlich! Wenn du magst, kannste dich hier noch ein bisschen ausruhen. Ich organisiere was zu essen."
Ausruhen ist gut, dachte Ben. Er machte sich fast in die Hosen vor Angst, für immer in Venedig bleiben zu müssen, falls Forky und Vivaldi ihn nicht bald finden würden. Schließlich musste es bereits fast halb vier sein. Vergeblich schaute er auf seine Swatch, die immer noch zwei Minuten nach acht anzeigte. Carlo wollte gerade gehen,

da hörten beide Jungs hinter sich einen Spazierstock dreimal wild und fest auf das Gartentörchen schlagen.

„Wo hast du furchtbarer Junge dich bloß herumgetrieben?" Vor ihnen stand lavendelfuchtelnd Antonio Vivaldi. „Venedig ist gefährlich für einen Reisenden deines unmöglichen Alters!" Er zuckte mit seiner Hakennase und trotzdem schien es, als sei er sehr erleichtert über das unvermutete Auftauchen Bens.

Forky puderte sich vor Aufregung und ihre Wimpern vibrierten wie die Flügel einer Libelle. „Da bist du ja endlich! Was hat dich denn getrieben?"

Eine wunderschöne Nonne, wollte Ben zur Antwort geben, stattdessen stellte er den beiden seinen Retter vor. „Das ist mein Freund Carlo. Er hat mich aus den Fängen zehn schrecklicher Gauner befreit. Jetzt hat er Hunger, aber kein Geld. Maestro, wären Sie bitte so freundlich?"

„Nun schlägt es aber dreizehn! Was hast du mit Gaunern zu tun?", entrüstete sich der und kramte umständlich in seinen Taschen, bevor er zwei Scudi in der Hand hielt, die er Carlo entgegenstreckte. Der bedankte sich flüchtig, winkte Ben noch einmal zu und rief: „Man sieht sich!" Augenblicklich war er wie vom Erdboden verschwunden.

„Das hoffe ich weniger!", meinte Vivaldi streng.

Forky aber blitzte Ben scharfsilbrig an und ihre Wimpern schienen ihn beinahe aufspießen zu wollen. „Wir haben uns große Sorgen gemacht. Streune nie wieder alleine durch die Straßen Venedigs! Und schon gar nicht wegen einer schönen Nonne!" In diesem Tonfall hatte Ben das *a* bislang noch nie klingen gehört. „Stell dir vor, wir hätten dich nicht gefunden! Erinnere dich: nur vierzig Stunden!"
Jetzt fing Forky auch noch an zu reimen. Wie Oma!
„Ja, ja! Ich liebe euch auch!" Verlegen grinste Ben seine Freunde an. Am liebsten hätte er die beiden von oben bis unten abgebusselt vor Erleichterung, sie wieder bei sich zu wissen. Das hätte verdammt schief gehen können, mit seinem Alleingang im Liebestaumel. Er schwor sich, nie wieder von Vivaldi und Forky genervt zu sein und hoffte gleichzeitig, dass dieser Schwur ihm nicht allzu schwer fallen würde. „Wenn ihr nur wüsstet, was ich alles erlebt habe!"
„Du wirst es uns sicher erzählen. Aber nun kommt endlich, wir müssen weiter, damit wir pünktlich um siebzehn Uhr starten können!"
Ben überlegte. „Aber eins will ich noch wissen. Wie habt ihr mich eigentlich ausfindig gemacht?"
„Hier!" Vivaldi balancierte auf der Spitze seines Spazierstockes eine braune Kordel. „Der Gürtel deines Priestermantels, der momentan total zer-

schlissen an dir herumschlabbert, der lag hier vorne auf dem Kirchplatz!"
Ben nahm die Kordel an sich und pfiff anerkennend durch die Zähne. „Wenn das kein glücklicher Zufall war!", murmelte er und schnürte sich erleichtert den Gürtel besonders eng um die verbliebenen Stofffetzen des Priestergewandes.

8. Kapitel
oder „Gute Reise, Maestro!"

„Mensch, ich kann euch sagen, das war vielleicht schrecklich!" Ben stand immer noch unter dem Eindruck der vergangenen halben Stunde. „Ich habe einen Mann gesehen, der war nackt und musste Handschuhe und einen Hut küssen. Ja, und eine Steinfigur, die Gobbo di Rialto oder so ähnlich hieß." Er griff nach Vivaldis Lavendeltuch und wollte gerade hineinschnäuzen, um den ganzen Schnodder, der sich mittlerweile bei ihm angesammelt hatte, loszuwerden.

„Ich verbitte mir dies!", rief Vivaldi entrüstet aus. „Mein Lavendeltuch ist doch kein Wasserauffangbecken!" Naserümpfend wandte er sich ab.

Ben zog den Schnodder geräuschvoll hoch. „Dann eben nicht!", brummte er. „Aber sag mal, Forky, warum musste der arme nackte Mann denn Handschuhe küssen? Er hatte doch nur ein bisschen Mehl geklaut!"

Die Stimmgabel klimperte kurz mit ihren Wimpern. „Der Hut und die Handschuhe symbolisieren die feine Gesellschaft Venedigs. Vor der müssen sich Kleinganoven und Gesetzesbrecher verneigen, während sie zu der Steinfigur des Gobbo di Rialto geprügelt werden. Dieser ‚Bucklige', wie er auch genannt wird, wurde vor circa hundert Jahren aus Marmor gemeißelt. Wenn die kleinen Gauner bereit waren, ihn zu küssen, bekannten sie sich zu ihrer Schuld, wurden jedoch vor schlimmeren Bestrafungen verschont. Denn: Geklaut ist geklaut!" Während ihres Vortrages hatte die Stimmgabel ihre Nase gepudert, da sie, obwohl aus Metall, allmählich ins Schwitzen geriet.

„So was kenne ich!", rief Ben aus. „Ich musste letztes Jahr zur Strafe meinen Rosenkranz zehnmal küssen, weil ich die Unterschrift von Mum unter eine Fünf in Mathe gekritzelt hatte. Da ist unser Priester gnadenlos!" Während er sprach, hielt Ben das lederne Tagebuch ganz fest unter dem zerschlissenen Gewand versteckt. Davon wollte er den beiden lieber nicht erzählen, sonst würden sie ihn wohlmöglich dazu überreden, es wieder zurück in den Garten zu legen.

„Apropos begnadet", fischte Vivaldi plötzlich nach Komplimenten, obwohl niemand vorher das Wort „begnadet" in den Mund genommen hatte. „Wie hat euch eigentlich meine herrliche Musik gefallen?"

„Na ja, der Klang deines Orchesters ist ja ganz schön und nett, Antonio", flötete die Stimmgabel herausfordernd und blinzelte Vivaldi dabei verschmitzt an. „Aber in der heutigen Zeit verfügen wir natürlich über gänzlich andere Instrumente. Vom Klang her, meine ich! Wenn du wüsstest, wie deine Werke damit klingen – du hättest den Wunsch sie so zu hören!" Sie blinzelte noch verschmitzter.

Nach all den Aufregungen, die hinter ihnen lagen, schlenderten die drei nun etwas entspannter unter der für einen Samstagabend immer noch schweren Hitze am schmalen Kai des Riva degli Schiavoni entlang. Zahlreiche Gondeln und Boote hatten dort angelegt, um einem geruhsamen Sonntag entgegenzuschaukeln.

Trotz des Lüftchens, das vom Bacino di San Marco herüberwehte, war es drückend schwül. Ben war froh, dass sie in eine kleine kühlere Gasse einbogen. Allerdings stank es hier ziemlich nach Faulwasser!

Auch wenn die widerliche Begegnung mit den Gaunern ihm immer noch in den Knochen steckte, stand er vielmehr unter dem Eindruck der wunderschönen Agrippina und deren Gesang. Ob Odette auch so toll singen konnte? Und obwohl er schwitzte, endlich sein zerschlissenes Gewand loswerden wollte und tierisch Durst hatte, dachte er an Agrippina und gleichzeitig an Odette. Wenn er wieder zu Hause war, wollte er ihr sofort schreiben. Das hatte er sich bereits fest vorgenommen, denn eine Odette des einundzwanzigsten Jahrhunderts in der Hand war ihm lieber, als eine Agrippina in der Ferne des achtzehnten Jahrhunderts. Zu diesem Ergebnis war er mittlerweile gelangt.

Ein empörter Aufschrei Vivaldis schreckte ihn aus seinen Weiberträumen.

„Wunsch?! Was sollte ich, Antonio Vivaldi, mir denn noch wünschen – in meinem Alter!" Der Maestro blieb stehen und wedelte mit seinem Spitzentaschentuch.

„Aha", meinte Forky. „Und wieso sehe ich dann so ein nervöses Flackern in deinen Augen? Das hast du immer, wenn du flunkerst!" Sie nahm Schwung und schon saß sie auf der Mauer einer schmalen Brücke, die über einen der vielen engen Kanäle führte. Das Piepsen der Ratten darin jagte ihr und Ben-Edward einen Schauder des Ekels über den Rücken.

„Flunkern? Ich, Antonio Lucio Vivaldi, flunkere nie!"

„Ah ja? Auch nicht, wenn du immer behauptet hast, du könnest wegen deines Asthmas nicht zu Fuß gehen?" Die Stimmgabel stichelte immer weiter. „Ich finde, du bist ganz flott dabei!"

„Asthma? Ich, Antonio Lucio Vivaldi, weiß gar nicht, wovon du sprichst!" Er fuchtelte immer wilder mit dem Lavendelgeruchtaschentuch. Dabei hob er seinen rechten Fuß leicht an und tippte wie eine Ballerina mit der Spitze einen

Vierviertel-Takt auf das Kopfsteinpflaster. Ziemlich albern sah das aus und Ben lachte sich innerlich kaputt.

„Pass auf, dass du nicht umkippst", meinte er vergnügt.

„Umkippst? Ein Vivaldi kippt nicht um!" Er machte eine unwirsche Handbewegung und geriet dabei natürlich doch ins Wanken.

Forky rief amüsiert: „Wenn du, Antonio Lucio Vivaldi, wüsstest, was dir an modernen Klängen entgeht, würdest du nicht ständig meine Fragen wiederholen, sondern ohne Zögern den Wunsch verspüren, diesen Klängen sofort entgegenzureisen."

Der Maestro stoppte das Getippe. „Möglicherweise habe ich gewissermaßen ja vielleicht doch ein etwaiges Interesse daran, diese neumodischen Töne zu erkunden", redete er umständlich um den heißen Brei herum, sodass Ben schon befürchtete, der Kaugummi würde allmählich seine Wirkung verlieren. „Ich meine, sonst sind wir alle drei ja gänzlich umsonst nach Venedig gereist, nicht wahr?" Antonios lange Hakennase begann, etwas zu zucken und zu schnuppern.

„Aha, also doch!" Forky juchzte vor Freude klirrend auf. „Habe ich es nicht gewusst?"

„Entschuldige bitte, aber mit deinem grellen, viel zu hoch gestimmten Kammerton gehst du mir total auf meine empfindlichen Komponisten-

ohren. Ich kann mir solch eine Missstimmung nicht leisten! Schließlich bin ich Musikus, und zwar einer der führenden in ganz Italien, si!"
„Och, Rossini und Verdi waren auch nicht schlecht", flutschte es über Bens Lippen.
„Wie bitte?" Antonio ließ sich empört auf die Brückenmauer plumpsen und führte das Taschentuch tupfend über seinen Hals, während sein Atem anfing, etwas zu röcheln.
„Seht ihr, was ihr mit mir macht? Jetzt habe ich wieder Atemnot. Lavendel! Her mit meinem Lavendelfläschchen, schnell!"
Die Stimmgabel zupfte mit ihren Silberarmen den Flakon aus einer kleinen Gürteltasche, die an Vivaldis hellblauer Seidenhose baumelte, und benetzte das Taschentuch mit ein paar Tropfen des Öls.
„Hier, jetzt müsste es dir gleich besser gehen. Aber was regst du dich auch so auf?" Während sie das benetzte Tuch in seine großen Nasenlöcher stopfte, schüttelte sie missbilligend den Kopf.
Ben neigte seinen leicht zur Seite und meinte besserwisserisch: „Entweder es liegt an seinen roten Haaren, dass er so leicht abgeht wie ein Zäpfchen, oder er hat eine Schilddrüsenüberfunktion. Oder aber es ist psychotativ."
„Psychota... psychota... was?" Antonio riss sich kurz vor dem Ersticken die Taschentuchzipfel

aus der Nase.

„Das hat irgendetwas mit der Seele zu tun", erklärte Ben. „Wenn die nicht stimmt, wird man krank mit Asthma oder Bauchschmerzen. Meine Oma Anna hat das manchmal. Dann legt sie sich zwei Tage ins Bett und gut ist."

„Anna? Anna? Deine werte Großmutter trägt den Namen Anna?" Plötzlich klang der Vivaldi-Atem wieder frei und unbeschwert. „Wundervolle Frauen tragen diesen wundervollen Namen: A-n-n-a!" Er ließ sich jeden Buchstaben wie Schokolade auf der Zunge zergehen.

„Du musst wissen, seine Freundin hieß Anna", zischte Forky Ben-Edward zu, der zwischenzeitlich ebenfalls auf der Mauer Platz genommen hatte und leise zurückzischte: „Ich weiß!"

„Bull… äh, ich meine Unsinn, nichts da ‚Freundin'." Der Komponist malte mit seinem Taschentuch wilde Kreise in die Luft. „Anna Giró war ausschließlich eine Gesangsschülerin mit herrlicher Stimme. Das war sie ausschließlich, basta!"

„So herrlich wie Agrippina?", warf Ben dazwischen.

„Herrlicher!"

„Nun, soweit ich mich erinnere, war dein Kardinal Ruffo da aber anderer Ansicht", entgegnete die Stimmgabel. „Und im Übrigen hast du mit ihr und ihrer Schwester Paolina unter einem Dach gewohnt. Das nennt man heutzutage einen

flotten Dreier!"
„Gerüchte, Neid, Eifersucht! Verleumdung!", rief Vivaldi aufgebracht. „Paolina war meine Krankenschwester." Der Maestro schnüffelte wie wild an seinem Lavendeltuch. „Im Übrigen kann man Frauen auch lieben und mit ihnen unter einem Dach wohnen, ohne gleich mit ihnen ... na, ihr wisst schon, was ich meine!"
„Und warum lernen wir sie jetzt nicht kennen und hören, deine Anna?", wollte Ben wissen, bevor der Maestro zu deutlich werden musste.
„Nun, mein Junge", meinte dieser und tätschelte nachsichtig Bens Haare, „wenn mich nicht alles täuscht, zählen wir heute das Jahr 1711. Annina wurde erst um 1696 herum in Mantua geboren. Sie ist also heute, na ...?"
„Fünfzehn Jahre alt und würde vom Alter her besser zu mir passen", antwortete Ben, um dem Maestro zu beweisen, dass auch die wildeste Schallplattenfahrt an seiner Fähigkeit im Kopf zu rechnen, nichts geändert hatte.
„Eben! Eine Minderjährige! Ich vergreife mich als Priester doch nicht an ... äh, ich meine, sie ist erst im Herbst 1724 in ihrer ersten Rolle hier in Venedig mit ihrer Wunderstimme zu hören gewesen."
Na, das war ja spannend! Ben und die Stimmgabel lauschten dem Gestotter des leicht aus der Fassung geratenen Komponisten.

„Wie sah sie denn aus?", wollten sie wissen.
Mit den Worten: „Anmutig, charmant, graziös", hob Vivaldi theatralisch seine Arme den Wolkenfedern am venezianischen Horizont entgegen.
„So hat mein Freund, der Dichter Goldoni, sie beschrieben und ich schließe mich seiner Meinung nur allzu gerne an."
„Soviel ich weiß", fügte Forky hinzu, „beschrieb er ihre sexy Figur, ihre tiefgründigen Augen, ihre voluminöse Haarpracht und ihren zauberhaften Mund. Unter uns, Maestro: Wer hätte den nicht gerne geküsst!"
Vivaldi wedelte ärgerlich ab. „Sexy? Reden wir hier von Heidi Klum? Nein, begehrenswert, das war sie, meine Anna!" Der Maestro seufzte den Wolkenfedern nach.
„Na ja, gemeint ist hier wohl dasselbe!" Ben grinste ein breites Pubertätsgrinsen und wunderte sich insgeheim darüber, dass der Maestro wusste, wer Heidi Klum war.
„Ich möchte mich nicht ständig rechtfertigen müssen für meine Freundschaft zu den beiden Schwestern. Es war schon schwer genug, mich damals über alle Intrigen und Verleumdungen hinwegzusetzen. Meiner Gesundheit hatte dies nur geschadet! Man jagte mich ja förmlich aus der Stadt hinaus deswegen. So, als sei ich ein ehebrecherisches Weib! Aber wem habe ich wohl geschadet mit meinem Privatleben? Genau –

niemandem! Und damit endgültig basta!"
Das hatte gesessen. Die beiden wussten gar nicht, wie wild Vivaldi sprechen, schauen und sich doch erinnern konnte. Ohne Wortwiederholungen und Lavendelgewedel.
„Meine Großmutter hat auch eine gute Stimme", meinte Ben kleinlaut, um schnell das Thema zu beenden. „Sie singt in einem Kirchenchor in Graz."
„Meine Meisterschülerin Anna Giró verfügte über eine göttliche Stimme, sie hatte nicht einfach nur eine gute!"
Mann, konnte der Kerl mit der Hakennase hochnäsig sein. Woher wollte er bitte schön Gottes Stimme kennen?!
„Klar kennt er die. Er wohnt schließlich bei ihm zur Miete", antwortete Forky Bens Gedanken.
„Jo, stimmt." Ben kratzte sich nachdenklich am Kopf, um sofort zu fragen: „Trefft ihr beide euch da oben wenigstens ab und zu auf einen Kaffee?"
Jetzt war Antonio mit Kopfkratzen an der Reihe: „Äh, melodiemelod…"
„Halt! Stopp! Ben-Edward Picks! Bist du bescheuert?" Forky kreischte in allen Tönen einer Tonleiter. „Über die Verstorbenen darf er absolut nichts ausplaudern! Wo kämen wir da hin! Das ganze Geheimnis vom Leben nach dem Tod! Darüber haben wir doch ausführlich genug gesprochen!" Diesmal fächelte Antonio der Stimm-

gabel Lavendel zu, um sie zu beruhigen.
„'tschuldigung!", murmelte Ben kleinlaut und wurde rot. „Was ist nun? Können wir weiter?"
Vivaldi stieß sich erleichtert mit Schwung von der Mauer ab und rief: „Graz in Österreich? Welch Zufall. Anna hat dort in einigen meiner Opern die Hauptpartie gesungen. 1739 die Titelrolle in *Rosmira* und 1740 in *Catone in Utica*. Jede einzelne Note habe ich ihr auf die Stimmbänder komponiert. Aber ob ich jemals bei einer Aufführung dabei war, daran kann ich mich beim besten Willen nicht mehr erinnern." Er schüttelte missbilligend über sich und sein Gedächtnis das Haupt.
Die Stimmgabel hüpfte von der Mauer über das Kopfsteinpflaster. „Mit Verlaub, Antonio. Lass das mit dem Willen mal lieber sein, ist sowieso nicht überliefert. Aber was ist jetzt, kommst du mit nach Graz oder nicht? Überleg nicht zu lang. Schließlich hast du nur vierzig Stunden Aufenthaltsgenehmigung, und acht Stunden sind nun schon vorbei. Doch wenn ja, dann sollten wir heute pünktlich um ziebzehn Uhr Venedig verlassen, Ben-Edward muss nämlich eine Stunde später am Abendbrottisch in Graz sitzen."
„Wie reisen wir denn? Gibt es noch Kutschen?" Vivaldi zuckte nervös mit seinen langen Nasenflügeln.
„Wir reisen von dem Reiterstandbild des Barto-

lomeo Colleoni aus." Forky klopfte dem Meister aufmunternd auf die Schulter. Das löste sofort ein wohlgestimmtes *a*-Geräusch bei ihr aus. „Du bist einer der bekanntesten Barockmusiker unserer Zeit", fuhr sie fort. „Jeder dudelt deine *Vier Jahreszeiten* rauf und runter. Keine Angst. Es wird dir dort gefallen."

„Erlaube mal, ich habe ja wohl noch andere Stücke komponiert als die *Vier Jahreszeiten*, obwohl ich zugeben muss, dass dieses Werk mir besonders herausragend gelungen ist." Wieder wedelte er selbstgefällig mit dem Taschentuch. „Zu Pferd sind wir nach Graz doch mindestens zwei Tage und Nächte unterwegs. Aber mir bleiben nach deiner Rechnung nur noch gut zweiunddreißig Stunden! Wie soll das gehen? Außerdem bin ich kein guter Reiter. Nein, der Aufwand lohnt nicht. Ich bleibe hier, basta!"

„Gut, dann werde ich das Angebot Maestro Verdi unterbreiten und …"

„Ha, kommt absolut nicht infrage! Mich, Antonio Vivaldi, den roten Priester, hast du zuerst auserwählt! Und nicht solch einen Italiener aus der Po-Landschaft. PoPo, sozusagen!" Der Komponist seufzte tief, was gut passte, da sie mittlerweile in die Nähe der imposanten Ponte dei Sospiri, der Seufzerbrücke, gelangt waren, die den Dogenpalast mit den Gerichtssälen und Gefängnissen Venedigs verband.

Forky versuchte, ihn zu beschwichtigten. „Pass auf, sonst bekommst du wieder Asthma! Aber das Angebot für dich steht ja noch."
Und Ben fügte hinzu: „Meine Großmutter Anna könntest du bei der Gelegenheit gleich persönlich kennenlernen!"
Antonio Vivaldi bildete mit seinen Augen schmale Mandelkerne. Er lehnte sich über die Ponte Canonica und starrte in das stinkige Wasser, bevor er einmal kurz hineinspuckte. Fast beiläufig fragte er: „Sag mal, Ben-Edward. Und dein Großvater? Wie heißt der?"
„Er hieß Josef. Aber er ist seit achtzehn Jahren tot." Ben spuckte ebenfalls von der kleinen Brücke aus, die direkt zum Campo San Filippo e Giacomo führte, allerdings in eine unter ihm fahrende Gondel. Eigentlich wollte er wie der Maestro das Wasser treffen. Das brachte angeblich Glück.
„So, so. Gestorben, gestorben. Demnach Witwe, hmm ...", murmelte Vivaldi auf seine Unterlippe. „Ihr habt recht, meine Freunde", rief er schließlich mit gefestigter Stimme aus. „Wir sollten es wagen! Steigt ein, ich spendiere eine Gondelfahrt!"
„Prima ... auf nach Zanipolo, Herr Gondoliere!", rief Forky aus. Auf einmal konnte Ben den Komponisten noch besser leiden und lobte dessen Bequemlichkeit. Es war herrlich, in der

Nachmittagssonne durch die kleinen Kanalwege Venedigs geschippert zu werden und dem Gefühl zu erliegen, selbst ein Fisch im kühlen Plätschern zu sein. Wenn nur nicht alles so verdreckt gewesen wäre!
Mittlerweile waren die drei bei dem Campo vor der großen Kirche Zanipolo, wie Santi Giovanni e Paolo von den Venezianern auch genannt wurde, angekommen. Viele Menschen waren dort zu sehen. Sie drängten sich dicht aneinander, schwatzten und schwitzten, flanierten oder flirteten. Ja, auch schon 1711 konnte man flirten. Nur sah es damals noch etwas schüchterner aus, fand Ben. Die Sonne brannte immer noch heiß vom wolkenlosen Himmel herab. Er hätte so gerne eine der erfrischenden Eissorten gekauft, die ein Gelatiere am Rande des Platzes feilbot. Doch er hatte kein Geld dabei und Vivaldi stellte sich als knausrig heraus. Sogar mit dem Gondoliere hatte er um den Fahrpreis gefeilscht.
„Allmählich bekomme ich wieder Hunger", meinte Ben, als sein Magen so laut knurrte, dass Forky und Vivaldi fürchteten, ein streunender Bär sei unterwegs.
„Der Junge hat recht. Wenn wir nicht verhungern und verdursten wollen, müssen wir schleunigst los. Das Pferd geht in einer halben Stunde."
„Dass es überhaupt in dieser Zeit schon Eis gibt", wunderte sich Ben. Er hätte zu gerne 1711-

Gelati probiert.

„Nun, bereits seit ungefähr 1680 wird hier in Venedig Speiseeis gerührt, mein Sohn", belehrte ihn Antonio.

„Wir könnten doch eine Kugel stibitzen!", flehte Ben. Wie aus einem Mund sprachen seine Begleiter: „Auf gar keinen Fall!"

In dem Moment kam ein kleiner Hund auf die Stimmgabel zugeschossen und hob sein Bein an ihr. Ben konnte sie gerade noch in Sicherheit bringen. „Haha, der Hund dachte, du bist ein Laternenpfahl!"

„Sehr witzig", knurrte Forky. „Also was ist jetzt? Seid ihr bereit?"

Ben hüpfte trotz Hitze auf einem Bein herum und sang dabei: „Anna, Anna, Anna." Der Name tat seine Wirkung.

„Gut, gut. Ich komme ja schon, ich muss nur noch packen!" Vivaldi hob beide Arme gen Himmel.

Ben prustete los: „Packen? Du hast doch gar nichts zum Packen. Und passende Kleidung besorge ich dir in Graz."

Vivaldi verzog seine Hakennase. „Stimmt, aber eine Geige hole ich noch eben aus der Pietà!"

„Brauchst du nicht. Auf dem Speicher im Picks'schen Haus liegt eine alte Violine herum. Die kannst du borgen. Aber die wirst du eh nicht gebrauchen vor lauter Begeisterung über

die neuen Instrumente." Forky klang fröhlich und gleichzeitig erleichtert. Das wäre ja noch schöner gewesen. Der erste Ausflug mit Ben-Edward in die Wunschwelt der Komponisten und dann gleich eine Niederlage.
Der Maestro aber bohrte weiter: „Und was wird aus dem Konzert morgen in der Pietà?"
„Agrippina macht das schon. Du hast ja gut mit allen geübt!", antwortete Ben schnell in Vorfreude auf zu Hause.
Ehrfürchtig standen sie vor der übermächtigen Basilika.
Ben betrachtete fasziniert die prachtvolle Renaissancefassade, die von der Abendsonne in ein weiches oranges Licht getaucht wurde. Nächstes Jahr will ich hier mit Odette stehen, 2012-Speiseeis schlecken und gleichzeitig wild mit ihr flirten, schoss es ihm durch den Kopf. Eigentlich war es sehr praktisch, in jedem Jahrhundert eine Freundin zu haben.
Vivaldi stoppte unsanft seine romantischen Gedanken: „Meint ihr etwa dieses Reiterdenkmal hier?" Sein Atem wurde vor Aufregung leicht röchelnd und Ben war mittlerweile felsenfest davon überzeugt, dass Vivaldi wirklich unter Asthma gelitten hatte, damals. Bei der stinkigen, stickigen Schwüle und den wahnsinnig engen Gässchen hier in Venedig wäre das kein Wunder gewesen. „Wie sollen wir denn da hinauf-

gelangen?", bibberte Antonio unsportlich weiter. „Keine Sorge", beruhigte ihn Ben. „Wir reisen genauso zurück, wie wir hergereist sind: durch Staub. Forky, wo gibt es hier einen Plattenspieler und das *Laudamus te*?"
Die Stimmgabel flüsterte: „Falsch, Darling! Die Rückreise habe ich mit anderem Gefährt gebucht. Vertraut mir!"
Ben schluckte. Bislang war er selbstverständlich davon ausgegangen, dass sie diesmal mit Vivaldi im Gepäck herrlich bequem, rasant und pünktlich ebenfalls mittels Schallplattenumdrehungen die Heimreise antreten würden. Doch dass Forky stets für eine Überraschung gut war, wusste er allerspätestens jetzt. Aber was nun? Genau wie Vivaldi konnte auch er sich nicht vorstellen, am helllichten Nachmittag auf berühmte Reiterdenkmäler hinaufzuklettern, um von der italienischen Polizei verhaftet zu werden.
„Stimmgabel Pitch Fork, kläre uns sofort auf, wie wir ins Jahr 2011 reisen werden!" Geeinigt, fest und streng hallten die Worte von Ben und Antonio im Duett über den Campo.
Forky kommandierte: „Ich sagte: Vertraut mir. Für Fragen ist es jetzt zu spät!" Da klang er wieder auf, der Hermine-Ton. „Es ist jetzt Viertel vor fünf. Wer noch einmal austreten muss, geht bitte jetzt!"
Antonio und Ben-Edward merkten, dass es

besser war, dieser Aufforderung sofort nachzukommen und verschwanden hinter einem schäbigen Zaun, der von einem tiefen Graben, einer sogenannten Latrine, umgeben war. Es stank bestialisch.

Während Ben mit angehaltenem Atem in den Graben zielte, wartete Forky auf dem Campo, denn Metall muss nie.

„Wir sollten jetzt unsere Reitkarten holen", rief sie den beiden entgegen. „Folgt mir in die Kirche!"

„Wieso in die Kirche, werden hier die Reisebillets verkauft? Die Kirchen werden immer geschäftstüchtiger. Schon in der Bibel steht, dass Jesus den Verkauf vor Tempeln verabscheute", entrüstete sich der Maestro taschentuchwedelnd.

„Quatsch keine Opern und komm mit!" Forky zog an seinem Hosenbein.

„Lass mich", entgegnete Vivaldi. „Schließlich bin ich Priester und muss auf Recht und Ordnung achten!"

„Ich finde, es ist etwas zu spät dafür, ausgerechnet jetzt an dein Priesteramt zu denken." Forky zog immer noch am Hosenbein und Antonio rümpfte beleidigt seine Riesennase, während er sich von der Stimmgabel ins Innere der Chiesa San Giovanni e Paolo ziehen ließ.

Ben war beeindruckt. Düster und kühl war es hier, aber die Abendsonne tauchte die Steine,

Gemälde, die Rundsäulen und Steinbecken in ein Bad voll Gold, über dem ein weites Band von Weihrauch schwebte. Der Fußboden sah aus wie ein Schachbrett aus Stein und auf den Rhythmus ihrer Schritte antwortete er mit verhaltenem Klick-Klack.

„Wo ist denn nun der Kartenverkauf?" Der Meister flüsterte nervös.

Die Stimmgabel beruhigte ihn: „Wir müssen zum Polyptychon des Heiligen Vincenzo Ferrer. Dort treffen wir den Maler des Altarbildes, Giovanni Bellini. Von ihm erhalten wir unsere Reisepapiere."

„Eine äußerst merkwürdige Geschichte, auf die ich mich hier einlasse", rief Vivaldi in die Kühle der großen Kirche hinein und diesmal konnte Ben ihm nur recht geben.

Forky führte die beiden an mächtigen, steinernen Grabmälern entlang. Berühmte Persönlichkeiten wie Kirchenoberhäupter, Dogen und Schriftsteller Venedigs hatten hier ihre letzte Ruhestätte gefunden. Es war ein beeindruckender Anblick. Ben-Edward vergaß direkt, dass er hungrig, nervös und durstig war.

„Um Himmels willen", tönte Vivaldi viel zu laut für diese andächtige Kirchenstille. „Paolo Veronese stellt hier auch seine Bilder aus?"

„Na und?" Forky schaute den Komponisten verwundert an.

„Dieser Maler wurde von der Inquisition verfolgt, weil sein Bild vom letzten Abendmahl Jesu unziemliche Personen darstellt. Pfui!"

„Jetzt spiel dich nicht schon wieder als Priester auf", entfuhr es der Stimmgabel energisch. Sie standen vor dem Altar des Heiligen Vincenzo. Forky klopfte dreimal an eine der kühlen Marmorsäulen, die den Altar einrahmten. Schlagartig wurde es dunkel in der Kirche. Die Sonne hatte nicht mehr die Kraft, den ganzen Innenraum in Orange zu tauchen. Ein kühler Wind strich Ben um die Wangen. Vivaldis rote, wenn auch etwas dünn gewordenen Haare wurden von der leichten Brise sanft nach oben geweht. „Was soll dieser Zauber? Mich fröstelt!" Diesmal knüllte er sein Taschentuch.

Doch bevor die Stimmgabel „Wartet ab!" sagen konnte, bemerkten sie einen durchsichtigen blauen Dunst in Menschengestalt auf sich zuwehen, der sich langsam aus dem goldenen Kuppelgewölbe des Altares zwängte.

„Mamma mia! Die Steinritzen sind aber auch eng geworden. Oder liegt es daran, dass ich in den letzten Jahrhunderten mangels Bewegung zu viel Fett angesetzt habe? Egal. Hallöchen, ich bin es, Giovanni Bellini. Bedeutendster Maler der Renaissance Venedigs. Ich bin der Urvater der lichten Hintergrundmalerei in Öl!" Er wehte jetzt in voller Statur vor ihnen, auf dem Kopf eine

Baskenmütze, wie Albert Picks sie im Winter immer trug. Forky schmunzelte, denn Vivaldi und Ben schauten mit dem gleichen dummen Gesichtsausdruck aus der Wäsche. Schade, dass kein Spiegel in der Nähe war.
„Du weißt, warum wir hier sind?", fragte sie den schwebenden Maler.
„Aber sicher doch. Ihr benötigt eine schnelle, möglichst unsichtbare Reisegelegenheit nach Graz."
„So ist es", riefen die Stimmgabel fröhlich, und die anderen beiden tapfer.
Bellini streckte seine rechte Dunsthand, in der sich ein Fläschchen befand, Forky entgegen. „Hier erhaltet ihr von mir echt venezianisches Terpentinöl. Ein wunderbares Binde- und Lösungsmittel. Damit habe ich schon im fünfzehnten Jahrhundert meine Ölfarben gemischt, und venezianische Malereigeschichte geschrieben."
„Und das sollen wir jetzt trinken, damit wir uns auflösen, oder was?" Vivaldi lächelte überheblich amüsiert.
„So ähnlich", antwortete der Maler in Dunstform.
Ben hielt sich heraus. Er wusste nur, dass er nichts dagegen hätte, allmählich wieder nach Hause zu reisen.
Forky unterstützte seinen Wunsch, indem sie die

beiden aufforderte: „Wir dürfen keine Zeit mehr verlieren. Los, nehmt!"
„Jedes Kleinkind weiß, dass man keine Lösungsmittel trinken darf. Wieso sollten wir das tun und uns vergiften?" Vivaldi machte eine abfällige Handbewegung. „Ich verlange Reisepapiere oder zumindest eine Fahrkarte!"
„Ihr sollt das auch nicht trinken, Maestro Vivaldi, sondern nur einen Tropfen mit runden Bewegungen auf Eurer Nasenspitze verteilen", belehrte ihn Bellini und fügte frech hinzu: „Genug Platz darauf ist ja."
Erst sträubte sich der große Meister, aber dann dachte er an die verwitwete Großmutter Anna und die modernen Instrumente, die in Graz auf ihn warteten, und schon tauchten alle drei vorsichtig ihren Zeigefinger beziehungsweise Silberarm in das Fläschchen und benetzten ihre Nasenspitze mit dem herb riechenden Harz.
Ben traute seinen Augen nicht und fing an, herzhaft zu lachen. „Schaut euch den Maestro an, er sieht aus wie eine schwebende Jungfrau!"
„Und du wie ein halb aufgeblasener Luftballon", konterte Vivaldi beleidigt.
Ben sah an sich herab. „Jo, stimmt. Das ist ja irre!", sagte er beeindruckt. Dann schaute er sich erschrocken um. „Wo ist Forky?" Ohne die Stimmgabel fühlte er sich total einsam. Mit diesem umständlichen Vivaldi wollte er auf

keinen Fall alleine nach Graz reisen müssen.
„Hier, hier bin ich doch", piepste Forky.
Überrascht sahen sie den feinen Silbernebel, der auf den letzten Sonnenstrahlen, die in die Kirche hereinbrachen, auf- und abrutschte. Auch Vivaldi und Ben lösten sich immer mehr auf und der Komponist jammerte: „Hätten wir denn nicht eine stinknormale Gondel buchen können?"
Plötzlich kam ein heftiger Wind auf. Er pustete die drei Aufgelösten durch die Ritzen der schweren Kirchentür, hinauf auf das Reiterdenkmal des Bartolomeo Colleoni, mitten hinein in die Nüstern seines Pferdes. Sie hörten Bellini noch rufen: „Gute Reise, Maestro", da saßen sie bereits aufgelöst aneinandergekauert in einem der riesigen Nasenlöcher aus Bronze. Bens zerfetztes Priestergewand jedoch schwebte auf staubigem Dunst langsam, aber sicher und unaufgelöst dem kalten Steinfußboden der Kirche entgegen.
„Was wird denn jetzt?", jammerte Vivaldi und dachte ständig: Anna, Anna, Anna.
Die Stimmgabel wusste ihn zu beruhigen. „In ein paar Sekunden schlägt die große Uhr zur fünften Stunde. Dann wird das Pferd hier fünfmal seine Nüstern blähen und uns so in Sekundenschnelle auf direktem Weg nach Graz schnauben. Vorher muss ich nur noch die Sprache einstellen, in die wir fliegen werden. Soll ich Deutsch oder Öster-

reichisch wählen, Ben-Edward?"
„Na, lieber Österreichisch. Wenn Antonio aus Versehen ‚Tomaten' statt ‚Paradeiser' sagt, ist er gleich unten durch."
„Alles klar! Verstehen und Sprechen auf Österreichisch!" Forky dunstete sich zum Gebiss des Pferdes vor und klopfte sanft auf den achten Zahn der oberen Zahnreihe. Dort stand *Steirischer Dialekt*. Gerade noch rechtzeitig konnte sie sich in das Nasenloch zurückziehen, da schwang die Kirchturmglocke auch schon dumpf und tief zur fünften Stunde des späten Samstagnachmittags. Das Ross schnaubte fünfmal kräftig auf, wieherte kurz und stieß mit einem Ruck die drei Aufgelösten über schneebedeckte Gletscher, grünschimmernde Seen und durch Wolkenwattebäuschchen mitten hinein in die schöne Altstadt von Graz in der Steiermark.

9. Kapitel
oder „Maestro, Sie müffeln!"

Dort war es sehr belebt. Wie immer an Markt-Samstagen. An diesen Samstagen kleideten sich die Menschen in Graz stets schick. Na, eigentlich taten sie das immer. Aber an den Samstagen besonders, weil jeder gerne gesehen werden wollte. Von den Nachbarn oder von einflussreichen Leuten oder Leuten, die einfach nur reich waren. Aber nicht nur die Männer und Frauen putzten sich an Samstagen besonders heraus, sondern auch die Kinder. Sie trugen angesagte Klamotten, und wer sie nicht trug, der hatte ein Problem. Mit dieser Tatsache hatte Ben-Edward schon oft Bekanntschaft gemacht.

„Um Himmels wülln, in welchem Gomorrha san ma denn da gelandet?", fragte Vivaldi auf Steirisch. Verwirrt blickte er um sich und betrachtete die vielen Fahrräder, Autos und Trambahnen, die sich um diese Zeit beeilten, die Einkäufe mitsamt deren Menschen in einen gemütlichen Samstagabend zu fahren. Ihm stieg ein wohlriechender Duft in die Nase. „Welch erquickender Qualm umweht soeben meine Geruchssinne?"

Ben zuckte bei Vivaldis Worten zusammen und

empfahl: „Kau mal fester auf dem Kaugummi, du redest schon wieder so furchtbar schwülstig!" Der Maestro folgte brav Bens Anweisungen und sagte dann in bestem Steirisch: „Na servus, der Geruch, dös is leiwand!", was auf Österreichisch toll, super, großartig hieß.

Ben war beruhigt, und Forky, die Stimmgabel, lachte. „Der Rauch stammt von Bratwürsten und gelandet sind wir auf dem Kaiser-Franz-Josef-Platz, Antonio. Erkennst du etwas wieder? Schließlich warst du ja früher ab und zu in Graz." Forkys Frage klang lauernd.

„Was hast du denn für eine Vorstellung von meinem Arbeitsleben? Du müsstest wissen, wie es Künstlern geht, die eine Stadt bereisen!" Vivaldi machte eine unwirsche Handbewegung in ihre Richtung. „Von dieser Stadt gesehen habe ich nur das Theater am Tummelplatz. Lasst uns da mal hin, aufi gehts!"

„Ausgerechnet das Theater steht heutzutage nicht mehr. Es wurde abgerissen", belehrte ihn die Stimmgabel. „Übrigens: Wo hattest du denn gewohnt?" Forky lauerte weiter um zu checken, ob ihre hypnotische Erinnerungssperre auch in Graz noch funktionierte.

Man merkte förmlich, wie der Komponist versuchte, sich zu erinnern. „Ich … äh, ich glaube, in einer Mäusepension in Theaternähe." Er fuhr mit dem Gänsekopf an seinem Kinn auf und ab.

„Wieso Mäuse?", wollte Ben wissen.
Vivaldi verzog angewidert sein Gesicht. „Nun, in dieser Pension wurde für das Wohl von Mäusen genauso gesorgt wie für zahlende Gäste!"
„Hast du mit deiner Lieblingssängerin in einem Doppelzimmer gewohnt?" Ben konnte seine Anspielungen auf die eventuelle Liebesaffäre zwischen Anna Giró und dem Komponisten einfach nicht lassen!
Vivaldi war gerade im Begriff, seinen Spazierstock in Richtung Bens Kopf zu schwingen, da musste er plötzlich stark husten und stammelte: „Melodiemelodiemelodie."
Während Ben enttäuscht war, wieder nichts über das Liebesleben Vivaldis erfahren zu haben, atmete Forky erleichtert auf. „Gefällt dir Graz im Jahr 2011 denn? Sicher kommt dir alles sehr laut und ungewöhnlich vor, oder?"
„Laut und ungewöhnlich?" Der Maestro riss seine buschigen Augenbrauen hoch. „Schlimmer: Es ist die Hölle! Wie nennt man dieses ratternde Ungetüm dort?" Blankes Entsetzen machte sich auf seinem Gesicht breit, während er auf die Trambahn Linie 7 zeigte.
„Straßenbahn oder Tram. Wie du willst. Das ist so etwas wie die elektrische Weiterentwicklung der Kutsche." Ben fühlte sich verpflichtet, den Komponisten zu beruhigen. Das war sicher ein Kulturschock für den Armen.

„Nun rede mit mir nicht wie mit einem Kleinkind, Junge! So ganz unerfahren in Sachen Weiterentwicklung auf Erden sind wir da oben auch nicht. Viermal im Jahrhundert darf man sich einen Film ausleihen, in dem die neuesten Errungenschaften von euch zu sehen sind. Kataloge bekommen wir übrigens auch dazu, zum Durchblättern. Doch den Film mit diesem Trambahn-Ungetüm scheine ich nicht ausgeliehen zu haben ..." Vivaldi wedelte. Diesmal allerdings Bratwurstduft. „Recht interessante Dinge stehen in diesen Katalogen", fuhr er mit seiner verbotenen Erzählung fort und bewegte sich damit gefährlich nah am Rande der Gesetze. „Ich selbst würde gerne einmal einen Lichtschalter ausprob... "
„Ruhe! Klappe halten!", schrie die Stimmgabel hysterisch auf und hüpfte auf Antonios Nase, um besser in dessen Augen starren zu können.
„Du erzählst viel zu viel aus deinem Jenseits. Das dürfen wir alles gar nicht erfahren! Wenn du so weitermachst, kommen Ben und ich doch noch in den Himmel!"
„Sorry, aber immer noch besser als in die Hölle!" Vivaldi schmunzelte über seinen eigenen Wortwitz und Ben war enttäuscht über die strengen Regeln dieses Zeitreise-Horrors. Er zupfte den Maestro unauffällig am Ärmel.
„Das mit dem Erzählverbot ist bestimmt erfun-

den", flüsterte er in Antonios Ohr. „Miss Fork möchte einfach nicht, dass du mehr weißt als sie. Deswegen diese Erinnerungssperre ... Mir kannst du aber alles erzählen. Jeder Mensch braucht jemanden zum Quatschen." Ben blickte Vivaldi aufmunternd von der Seite an, während Forky auf das Dach einer Bratwurstbude sprang. „Wenn du meinst?" Vivaldi blickte sich verstohlen um und raunte dann leise: „Also, was ich überhaupt nicht ausstehen kann, das sind eure modernen Windkrafträder. An stürmischen Tagen merken wir da oben regelrechte Orkanböen. Das ist schrecklich, weil dadurch unsere ganzen Wolkengebäude auseinandergerissen werden und ..." Vivaldi redete sich in Rage. Dadurch merkte er nicht, dass Ben-Edward Picks währenddessen langsam von der Erde abhob und mittlerweile bereits eine Handbreit vor ihm schwebte und wild gestikulierte.
„Halt, Antonio, hör auf zu erzählen", rief er. „Ich schwebe, mein Kopf wird an einem Gummiband nach oben gezogen, Antonio, hör doch auf!" Doch Vivaldi fuhr ungerührt fort.
„... die Wohnungseinrichtungen dadurch oft verloren gehen. Gerade kürzlich hat sich mein Cembalo auf diese Weise für immer verabschiedet. Wahrscheinlich ist es in einem Antiquitätenladen hier auf Erden gelandet. Das sind dann diese sogenannten verloren geglaubten

Kunstwerke, die plötzlich bei euch auftauchen."
Der geschwätzige Meister klopfte mit seinem Gänsestock dreimal nachdrücklich auf das Erzherzog-Johann-Marktplatz-Kopfsteinpflaster. „Ben? Bengel? Was treibst du schon wieder für einen Unsinn? Hörst du mir nicht zu?", schimpfte er und zog Bens Beine nachdrücklich zurück auf die Erde. „Komm endlich runter hier, was soll das?" Ärgerlich schüttelte er den Kopf. „*Bengel* kommt definitiv von Ben und nicht von *Engel*. Und jetzt hör endlich auf, vor mir herumzuflattern!"
Ben war vor Schreck blass wie ein Leichentuch und um seinen Mund zuckte es verdächtig. „Hör bloß mit deinen Erzählungen auf, Maestro!", flüsterte er kleinlaut. „Ich glaube, ich habe soeben eine Warnung erhalten." Und wenn er in Richtung Wurstbude geschaut hätte, dann – ja dann hätte er da auf dem Dach eine triumphierend-grinsende Stimmgabel entdecken können…
„Do, geh schau, wie g'schupft der daherkommt!", kicherten zwei Frauen, als sie an dem Maestro vorbeiliefen und mit ihrem dämlichen Kommentar Ben aus seiner Scham rissen.
„Wieso g'schupft, wir sind doch unsichtbar – oder etwa nicht?" Der Komponist klopfte mit dem Gänsekopf seines Spazierstockes auf Bens rechte Schulter und wunderte sich, dass er auf Knochen traf.

„Autsch!", quietschte Ben auf. „Bist du wahnsinnig geworden? Das tat weh!" Er rieb sich die Schulter. „Natürlich sind wir zu sehen und natürlich siehst du für die hier etwas merkwürdig aus in deinem extravaganten Aufzug!"
„Ja geh, der ist sicher aus der Requisite vom Opernhaus g'hupft." Den Kommentar machten zwei alte Herren, die Vivaldi spöttisch betrachteten.
„Porca miseria! Wie megapeinlich ist das denn!?" Vivaldi konnte sich gar nicht einkriegen und nestelte nervös kaugummikauend an seinem Hemdskragen herum.
„Hör doch auf so zu brüllen. Wir gehen jetzt auf schnellstem und direktestem Weg zu uns nach Hause. Dort gebe ich dir frische Kleidung, alles andere wird sich zeigen!" Bens Stimme klang streng und bestimmt. So streng und bestimmt, dass Vivaldi nicht widersprach.
Forky hüpfte schon längst vor beiden her und gab beschwingte *a*-Geräusche von sich. Sie liebte Graz, und zudem die Tatsache, dass sie nach jahrhundertelangem Gefängnisaufenthalt endlich frei in dieser Stadt herumspringen konnte. Vor Freude puderte sie sich die Nase mehrmals hintereinander.
Sie hatten gerade den Marktplatz überquert, als Ben aufstöhnte. Ein paar Meter entfernt kamen Bastian und Phillip, zwei Kinder aus seiner

Straße, auf ihn zu. Mist, mussten die ausgerechnet jetzt hier auftauchen?

„Hey, Picks", rief da auch schon der eine. „Wo hast du denn den komischen Kauz aufgegabelt?"

„Lass ihn", rief der andere und zog seinen Freund weiter. „Der is deppert und spricht doch eh nix."

Ben streckte ihnen verstohlen die Zunge raus und murmelte leise „Und tschüss!" Schließlich war er überglücklich, wieder zu Hause zu sein. Die Luft hier war tausendmal angenehmer als in Venedig. Nicht so stinkstickig. Überhaupt war er froh, im Jahr 2011 zu leben. Zwar war es schon ganz toll gewesen, in die Vergangenheit zu reisen, aber in der Zeit zu leben – nee. Bloß nicht. Auch nicht wegen Agrippina. Er freute sich schon auf seinen Fernseher, den Laptop, den MP3-Player, zugegebenermaßen auf seine Familie und natürlich auf das Briefschreiben an Odette. Und während er und Vivaldi schwer atmend eine steile Treppe den Berg zu seinem Haus hinaufstiegen, machte er sich Gedanken darüber, was er sagen könnte, wenn er gleich mit dem Komponisten bei seinen Eltern auftauchte.

„Na los!", rief Forky fröhlich bei Stufe Nummer siebenundachtzig. „Wir sind gleich da." Man konnte sagen was man wollte, aber ihre dreihundert Jahre merkte man ihr nicht an!

Anders verhielt es sich bei dem Maestro. Anna, dachte der sich, um Kraft für die letzten

Nummern achtundachtzig und neunundachtzig zu bekommen. Und dann: Sie hätten auch neunzig Stufen bauen können. Kompositorisch gesehen ergibt diese unfertige Zahlenreihe keinen Sinn. Er räusperte sich. „Schrecklich, diese ungerade Zahl neunundachzig. Sie gibt mir keine musikalische Erfüllung."
„Na, dann pass nur auf, dass du gleich deine menschliche Erfüllung findest", entgegnete Ben grinsend und überlegte kurz, ob er klingeln oder die Haustür lieber mit seinem Schlüssel öffnen sollte.
Die Überlegung wurde jäh von seiner Großmutter unterbrochen, die in diesem Augenblick die Tür mit Schwung von innen öffnete und völlig verdutzt aussah. „Da bist du ja endlich! Wo warst du denn so lange?" Ihre Stimme klang gleichzeitig streng und erleichtert, während sie unauffällig die merkwürdige Gestalt im Hintergrund musterte.
Ben fühlte sich in Erklärungsnot und bekam seinen Mund nicht auf.
„Sag bloß, du sprichst schon wieder nicht!" Jetzt mischte sich bei seiner Großmutter ein ungeduldiger Ton dazu.
„Doch schon, aber weil Mama vorhin zu staubsaugen angefangen hat und ich dachte, wir treffen uns erst um achzehn Uhr zum Abendessen, bin ich in die Stadt gegangen. Das habe

ich doch gestern gesagt!" Er blickte treuherzig drein, denn er wusste, dass Oma diesem Dackelblick nur selten widerstehen konnte.

„Was hattest du dann geschlagene zehn Stunden in der Stadt zu suchen?" Oma ließ einfach nicht locker.

„Ich ... äh, ich habe mir eine Stimmgabel gekauft, damit ich mein musikalisches Gehör schulen kann", fiel ihm ein. Eine super Ausrede war das, und so praktisch. Jetzt konnte Forky immer bei ihm sein und er musste nicht allein mit dem Komponisten rumhängen, den Oma anscheinend bislang noch gar nicht wahrgenommen hatte.

Weit gefehlt!

„Und wer ist dieser Herr im Barockkostüm, der sich die ganze Zeit hinter deinem viel zu schmalen Rücken zu verstecken versucht?" Sie zerrte den Maestro am Ärmel hinter Ben-Edward hervor, rümpfte die Nase und dachte: Der kennt wohl kein Deo!

Ich habe ihn im Venedig des Jahres 1711 mit dieser sprechenden Stimmgabel aufgegabelt, dachte Ben, doch sagen tat er: „Der hat unter dem Erzherzog-Johann-Denkmal gesessen und gejammert, jemand hätte ihm seine Geige gestohlen; und jetzt kann er nicht mehr spielen und kein Geld mehr sammeln, obwohl er doch so hungrig ist. Na ja, da habe ich ihn eben mit-

genommen, weil ich weiß, dass auf dem Speicher eine alte Geige liegt, die keiner braucht. Die könnte er doch vielleicht haben?"
„Das musst du deinen Vater fragen. Aber jetzt kommt erst einmal ins Haus. Hier knurrt etwas und ich glaube, das sind Mägen." Zu Vivaldi gewandt, von dem sie gar nicht wusste, dass es Vivaldi war, sagte sie: „Irgendwie kommen Sie mir bekannt vor. Haben Sie vielleicht einen Namen?"
Der Maestro stand die ganze Zeit sprachlos im Türrahmen und auch Forky wusste nichts zu melden. Ben hielt die Stimmgabel fest umschlungen und drückte sie jetzt heftig. Der Moment der Enttarnung war gekommen.
„Gnä´ Frau, g'statten, Antonio Vivaldi, Kompositeur und Maestro di violino am Ospedale la Pietà in Venedig, Italien!", sprach er mit charmantem, obersteirisch-österreichischem Akzent „Und Sie müssen Anna sein. Großmutter Anna!"
Er begann schon wieder mit seinem Lavendeltuch zu wedeln und wollte gerade zu Omas Hand greifen, um ihr einen galanten Kuss daraufzuhauchen, da bekam die so einen Lachanfall, dass es fast peinlich war. „Haha, und ich bin Clara Schumann ..."
Vivaldi stand immer noch verblüfft im Türrahmen und konnte es gar nicht fassen. Noch nie in seinem Leben hatte sich eine Dame seiner

Eleganz und seines Charmes derart entzogen. Und diese Frau stand vor ihm und lachte!

„Verzeihung, ich möchte nicht stören", sagte er beleidigt und wollte auf seinen Absätzen kehrt machen. Doch Großmutter erwies sich in letzter Sekunde als gute Gastgeberin.

„Nein, nein! Ich bitte Sie! Bleiben Sie ruhig zum Abendessen. Doch müssen Sie mein Vergnügen schon entschuldigen. Ich hatte bislang noch keinen Komponisten zu Gast. Und schon gar nicht den großen Antonio Vivaldi." Sie kicherte weiter in sich hinein und dachte gleichzeitig: Maestro, Sie müffeln. „Sicherlich wollen Sie sich vor dem Essen ein wenig frisch machen?", schlug sie ihm – fast flehend – vor, während sie ihren Enkel und den immer noch verblüfften Vivaldi durch die Eingangshalle schob. Der blieb mitten unter dem riesigen Kronleuchter stehen, tippte einige Male mit seinem Spazierstock an die baumelnden Bergkristall-Ornamente und fragte erstaunt: „Wo sind denn hier die Kerzen?"

Großmutter lachte. „Ach ja, ich vergaß, Sie sind ja dem achtzehnten Jahrhundert entsprungen. Sehen Sie, dort drüben an der Wand? Die kleinen weißen Flächen? Das sind sogenannte Lichtschalter. Die sind in einem Haushalt des einundzwanzigsten Jahrhunderts üblich."

„Leiwand", rief Vivaldi aus. „Supa! Endlich kann ich sie ausprobieren!"

„Ich will Sie in Ihrer Begeisterung ja nicht bremsen, mein Herr." Oma begann erneut, Antonio, von dem sie ja nicht wusste, dass es wirklich Antonio war, mit spitzen Fingern durch die Halle zu schieben. „Aber wenn Sie sich noch umziehen wollen?" Und mitten hinein in das große Haus mit seinen oberen Etagen rief sie energisch: „Großmutter an alle: In zwanzig Minuten gibt es Abendbrot und einen Gast! Ich erwarte Pünktlichkeit, denn ich habe gleich noch Chorprobe!"
Zu Ben-Edward gewandt, der Forky immer noch fest umklammert hielt, zischte sie abschließend mit dem berüchtigten Tonfall, der keinerlei Widerspruch duldete: „Du wäschst Dir die Hände, und zwar gründlich. Und jener auch! Hoffentlich ist er nirgends ausgebrochen!"
Der Komponist hatte anscheinend ein gutes Gefühl für brenzlige Situationen und wagte weder Pieps noch Paps.
„Sehr resolut, deine Großmutter Anna", meinte er mit einer hochgezogenen Augenbraue zu Ben, während beide sich im Badezimmer die Hände wuschen.
„Aber immerhin mache ich dadurch die wunderbare Bekanntschaft mit dieser herrlichen Rosenduftseife!" Er schäumte sie so stark auf, dass der Schaum zusätzlich für Ben und Forky reichte. Und während er seine Hände im Dreivier-

tel-Takt abtrocknete, flüsterte er leise zu Ben: „Du, müsste ich nicht auch die Zähne putzen?"
Aber bloß nicht mit meiner Zahnbürste, dachte der entsetzt. Ich will da drauf doch keinen Mittelalter-Plaque-Aufstrich. Leicht gehässig grinsend reichte er dem Maestro mit den Worten: „Hier, Paste ist schon drauf!" Amelies Zahnbürste.
„Igitt, bist du eklig", stöhnte die Stimmgabel angewidert. Wie es sich für eine Dame gehörte, hatte sie Zähneputzen mit Silbercreme und Händewaschen bereits hinter sich. Freiwillig und nach Rosenschaum duftend begab sie sich zurück in Bens Hosentasche.
„Rasieren müsste ich mich auch mal wieder", murmelte der Meister in seinen Zehn-Stunden-Bart und klopfte dabei das Gesicht. Das machte er schon seit dreihundert Jahren so, damit seine Wangen nicht zu blass aussahen; eine bekannte Gefahr bei Rothaarigen. Schließlich wollte er auf Oma Anna Eindruck machen. Aus diesem Grund träufelte er noch einige Tropfen Lavendelöl auf sein Taschentuch. Schöne Frauen raubten ihm seit jeher schnell den Atem.
Sollte er nicht lieber einen Anzug tragen statt dieser Barock-Klamotten?, fragte Ben sich und die Stimmgabel. In diesem Moment rief Oma allerdings durch die Halle: „Bitte zu Tisch!" Den dreien war somit klar, dass bei dieser Aufforderung keine Zeit mehr für einen Kostümwechsel

blieb.

Während Ben mit Forky in der Hose eher schlurfte, stieg der Maestro fast leichtfüßig neben ihnen die breite Treppe hinunter in die Halle und betrat mit einem charmanten Lächeln das Esszimmer, wo die gesamte Familie Picks bereits bei Tische saß.

„Gestatten, Antonio Vivaldi, Komponist und Meister der Violine am Waisenhaus Ospedale della Pietà, und dies seit dem vierundzwanzigsten September 1703!" Amüsiert blickte er in die verblüfft aufgerissenen Augen der vor ihm versammelten Familie.

„Hä?", wunderte sich Ben-Edwards Schwester ziemlich einfallslos und musterte Antonio vom Scheitel bis zur Sohle.

„Welchen Monat haben wir?", wollte hingegen Albert Picks wissen, da er sich beim Anblick des Gastes an Halloween erinnert fühlte.

„Oh, es freut mich aufrichtig, Sie kennenzulernen. Mein Sohn und ich sind große Verehrer Ihrer Kunst!" Henriette Picks rief die Worte bewundernd aus und gab augenblicklich den Anschein, dass sie wirklich glaubte, Antonio Vivaldi vor sich zu haben. Um diese Tatsache noch zu bekräftigen, legte sie sogleich mit den Worten „Tischmusik Ihrer Kunst für unsere bescheidenen Ohren!" Vivaldis *Sommer* aus den *Vier Jahreszeiten* in den CD-Player.

Der Maestro fühlte sich augenblicklich geschmeichelt und war begeistert von dem raumfüllenden Klang und noch mehr von seinem Werk. „Fantastisch, diese klangliche Qualität meiner hervorragenden Komposition! Exquisite Qualität und Komposition, jawohl! Und dieses, obwohl keine Musiker zugegen sind." Er fächelte selbstverliebt mit dem frisch getränkten Taschentuch und schielte Beifall heischend nach Oma, die sich Gott sei Dank über seine schwülstige Wortwahl keine großen Gedanken machte, weil in diesem Ösen-Land jeder etwas schwülstig daherspracht.
„Maestro, sind Sie in mein Rosenbeet gefallen oder haben Sie in Rosenschaum gebadet?", kokettierte sie nur ungerührt. „Bitte nehmen Sie an der Stirnseite Platz!"
Oh là, là, sie flirtet mit mir, dachte Vivaldi und kam ohne Zögern Annas Aufforderung nach, denn die Stirnseite des Tisches zugewiesen zu bekommen, war zu seinen Lebzeiten eine Auszeichnung für jeden Gast gewesen. Hätte mich auch sehr gewundert, wenn nicht! las Forky seine Gedanken, während er elegant seine Schwalbenschwanzjacke auseinanderschwang und sich platzierte.
Bei Albert Picks bildeten sich langsam aber sicher dicke Adern am Hals. Eigentlich war er es gewohnt, zuerst Platz zu nehmen. „Bitte, setzen Sie sich!", bot er dem Gast an.

„Besten Dank, bereits geschehen!", antwortete der gut gelaunt, und niemand im Raum hatte den Eindruck, dass zwischen ihm und dem Hausherrn alles reibungslos ablief.
„Ein Straßenmusikus sind Sie also? Einer, der am liebsten Vivaldi spielt?" Flink griff Vater nach der Butter, bevor es sein Gegenüber tun konnte. Der rümpfte die lange Nase. „Nun, natürlich spiele ich meine eigenen Werke am liebsten. Doch gelegentlich greife ich zu den weniger begabten Kompositeuren wie Albinoni, Caccini oder ..." Er unterbrach sich und griff blitzschnell zur Butter, als Albert Picks sie gerade seiner Frau reichen wollte. „Grazie, mille grazie!", bedankte er sich großzügig. „Wunderbar gelb, dieses Fett."
„Hä?", meinte Amelie schon wieder einfallslos.
Ben schmunzelte in sich hinein. Ein Gutes schien Vivaldi zumindest zu haben: Er machte Amelie sprachlos.
Mama schaltete sich mit liebenswürdigem Lächeln ein. „Etwas Bergkäse für Sie, Maestro?"
„Dank, Dank, besten Dank, holde blondgelockte Frau!" Beherzt griff er sich drei Scheiben und legte sie schichtweise auf sein Brot.
Oh, oh! Mutter, Amelie, Großmutter und Ben-Edward blickten sich verstohlen an. In diesem Haushalt herrschte nämlich die ungebrochene Regel, dass man höchstens zwei Scheiben Belag auf sein Brot schichten durfte. Und jetzt er –

gleich drei!
Albert zupfte unter dem Tisch Hosenbeine, während er frostig erklärte: „Die Barockzeit gilt bekanntlich als füllige, üppige Zeit. Diese Tatsache, meine Lieben, scheint sich nicht nur auf Architektur, Kleidung oder die menschliche Figur zu beschränken, sondern auch auf die Lust am Essen! Darf ich Ihnen ein hart gekochtes Ei reichen, Maestro Dings?"
Jeder im Raum und in Hosentaschen hätte spätestens jetzt gefroren und „nein danke" gesagt. Nicht so Antonio. „Gerne, gerne", trällerte er und nahm lächelnd das Ei entgegen, das der Professor ihm mit einem stechenden Blick unter die Nase hielt. „Aufmerksam, sehr aufmerksam!"
Albert jedoch schaute noch stechender. Mit der fiesen Bemerkung: „Antonio Vivaldi war ein einfallsloser Komponist. Er hat ein und dasselbe Stück mindestens sechshundertmal komponiert; das wusste schon Igor Strawinsky", legte er das hart gekochte Ei behutsam in Antonios rechte Hand. „Warum wenden Sie sich nicht einem Johann Sebastian Bach oder Georg Friedrich Händel zu? Die kann man wenigstens guten Gewissens Komponisten nennen!"
Bei diesem Vorschlag machte das Ei laut „plumps" und rollte mit zerbrochener Schale weg von Antonio Vivaldi, zielgenau wieder auf Albert zu. Der schälte es betont langsam und meinte: „Ach,

jetzt ist es Ihnen wohl vor Schreck aus der Hand gefallen. Zu dumm. Ein kaputtes Ei möchte ich meinem Gast wirklich nicht zumuten!" Dabei steckte er es sich genüsslich selbst in den Mund. „Amelie, reiche dem Maestro doch bitte ein neues Ei!"
„Hä? Keins mehr da", meinte die nur und verschlang den Rest ihres Schinkenbrotes. Vater war komisch drauf. Man konnte nie wissen!
„Oh, das tut mir aufrichtig leid, Herr Dings ... äh ... Vivaldi ist richtig, nicht wahr?"
Mittlerweile waren die *Vier Jahreszeiten* beim *Winter* angekommen, und alle hatten das Empfinden, dass die Musik hervorragend zur frostigen Atmosphäre im Zimmer passte.
„Albert!", meldete sich Bens Mutter endlich zu Wort. „Nun lass es bitte gut sein. Noch ein Tässchen Tee, Herr Komponist?" Und während sie, ohne seine Antwort abzuwarten, Tee nachgoss, fügte sie schmunzelnd hinzu: „Vivaldi war ein begnadeter Musiker. Ich kann Sie gut verstehen." Zu ihrem Mann gewandt aber meinte sie: „Iss bitte nicht so viele Eier. Dein Cholesterin. Du weißt!"
Oma verhielt sich während des gesamten Gespräches merkwürdig verhalten. Sonst war sie immer diejenige, die das Wort führte. Ben wunderte das. Er hatte die ganze Zeit die Stimmgabel in der linken Hosentasche festgehalten, damit

er mit der rechten seinen Fleischsalat gabeln konnte. „Hand an Kant!", forderte Oma ihn stets auf, wenn er während des Essens nur eine Hand im Einsatz hatte. Heute? Nichts! Komisch! Und irgendwie bildeten sich auf ihrem Gesicht rosa Flächen.

Vivaldi fummelte umständlich hinter einer vorgehaltenen Serviette seinen Kaugummi aus dem Mund, klebte ihn unter den Tisch, trank einen Schluck Tee, spreizte dabei seinen kleinen Finger etwas ab und stellte mit einem leichten Schrägblick auf Großmutter Anna die Frage: „Gnä' Frau, welches meiner Werke kommt durch Sie denn zur Aufführung und wann?" Bei dem Wort „meiner" verlagerte er den Schrägblick hin zu Albert Picks.

Die Gesichtsflächen von Großmutter färbten sich noch mehr und sie meinte nur: „*Gloria* RV 589, morgen."

„RV 589? Was bedeutet diese Nummer? Ich denke nicht, mich daran erinnern zu können, eine solche Nummer hinter mein herrliches Werk geschrieben zu haben." Dafür schrieb Antonio jetzt wilde Lavendelduftzahlen in die Luft.

„Peter Ryom, ein Däne, hat Ihre Werke katalogisiert. Daher: RV für Ryom-Verzeichnis. Klar?" Erst jetzt merkte Albert, dass er diesem dahergelaufenen Kauz ernsthaft geantwortet hatte

und ärgerte sich über sich selbst. *Gloria*. Vivaldi. Morgen. Lächerlich!" Er stand mit einem Ruck auf, sagte: „Ihr entschuldigt mich bitte, das ist mir alles zu albern." Dann lief er Hosenbeine zupfend und kopfschüttelnd aus dem Raum, geradewegs hinein in sein Herrenzimmer. Dort fand er, völlig überrascht, das alte lederne Büchlein vor, das Ben bei seiner Ankunft heimlich auf den Schreibtisch gelegt hatte. Wenige Minuten später konnte man einen leichten Tabakgeruch vernehmen. Das war kein friedliches Zeichen! Höchstens bei einem Streit zwischen ihm und seiner Frau Henriette rauchte Albert sonst Pfeife. Doch das kam äußerst selten vor.
„Aha, dem Herrn Papa Albert ist alles zu albern", murmelte Vivaldi, während er Mama anlächelte. „Nomen est omen!"
„Antonio, haben Sie nicht Lust, meine Mutter zu ihrer Chorprobe zu begleiten?", schlug die Angelächelte vor, während sie und Amelie das schmutzige Geschirr aufeinanderstapelten. „Was meinst du, Mutter? Sicher ist es für den Meister höchst interessant, eines seiner Werke im heutigen Jahrhundert zu erleben. Und noch dazu live! Ben-Edward, du könntest doch mitgehen. Eine gute Idee, nicht wahr?"
Ihr Sohn quietschte laut auf, allerdings nicht vor Vergnügen, sondern weil Forky ihn durch die Hosentasche hindurch in seinen Oberschenkel

gezwickt hatte. Das sollte wohl so viel heißen wie: Klasse. Das machen wir.

Oma war jetzt ziemlich gleichmäßig rosa überzogen und meinte nur: „Aber nicht in diesem Kostüm. Wenn, dann nur in einem Anzug von Großvater." Sie hatte all die Jahre drei Lieblingsanzüge von ihrem Mann aufgehoben. Heute war der Tag, an dem einer von ihnen zu neuen Ehren kommen sollte.

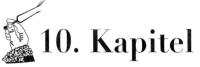

10. Kapitel
oder was Adagio und Presto mit Liebe zu tun haben

„Toll sieht der aus", meinte Amelie bewundernd, als Ben-Edward und Antonio ihr nach dem Abendessen auf dem Flur begegneten.
„Wer, ich oder der Anzug, bella bionda?", meinte Vivaldi lachend und machte eine Art Hofknicks vor ihr. Dabei hielt er das Lavendeltuch an sein Herz. Diese Geste verlieh dem Hofknicks noch mehr Eleganz.
Seine Schwester hatte wohl ihre Sprache wiedergefunden und grinste. „Man könnte behaupten, das ganze Paket." Sie war mal gespannt darauf, was eines Tages abgehen würde, wenn sie hier mit einem festen Freund auftauchte. Zu ihrem Bruder gewandt tuschelte sie leise: „Mir ist es völlig wurscht, wo du den aufgegabelt hast, Bruderherz, aber frag ihn doch mal, wie er seine Haarfarbe so toll hinbekommen hat."
Vivaldi, dem die Frage nicht entgangen war, antwortete fast ein wenig eitel: „Frage mich doch selbst, mia bella. Nun, ich werde dich in mein jahrhundertealtes Geheimnis einweihen: Ich sage nur – rote Zwiebelschalen!"
„Hä?" Wenn Amelie auf dem Schlauch stand,

war das wirklich peinlich.

„Nun", fuhr der Prete Rosso fort. „Man besorge sich einige rote Zwiebeln, nicht zu hell und nicht zu dunkel. Man schäle sie und koche von eben diesen Schalen einen Sud auf offener Flamme. Diesen Sud lasse man abkühlen, spüle damit das Haar und lasse das Ganze circa zwei Stunden einwirken, capito?"

„So färben wir Ostereier", meinte Ben trocken, während Amelie überlegte wie sie jetzt, am Samstagabend, an rote Zwiebeln kommen könnte. Sie hatte später nämlich noch ein Date mit dem Moosgruber Paul. Und der stand auf Rot.

„Wo sind Mum und Dad?", fragte Ben seine Schwester und stellte sich kopfschüttelnd ihre Haare in Zwiebelschalenrot vor.

„Daddys Herrenzimmer", gab sie zur Antwort, wobei ihr einfiel, dass der Supermarkt bis zwanzig Uhr geöffnet hatte und sie somit doch noch zu roten Zwiebeln kommen könnte.

„Bin gleich wieder da", sagte Ben zu Vivaldi. „Warte hier in der Halle auf mich. Aber spiel nicht so viel mit den Lichtschaltern. Das kostet Strom." Er steuerte auf das Arbeitszimmer seines Vaters zu und wollte gerade anklopfen, als er seine Mutter sagen hörte: „So kenne ich dich gar nicht, Liebling. So taktlos und ungastlich. Was hat dieser arme Mensch dir denn getan?

Er ist doch sehr nett und wohlerzogen. Gerade du müsstest für arbeitslose, vielleicht etwas verrückte Musiker Verständnis zeigen. Schließlich geht es nicht immer nur um die trockene Wissenschaft, sondern vielmehr auch um praktisches Geldverdienen. Komm, leg das Telefonbuch weg!"
Doch sein Vater weigerte sich anscheinend, denn Ben hörte durch die Tür: „Den Teufel werde ich tun. Ganz sicher ist er aus einer Psychiatrie entlaufen. Es gibt ja viele Kranke, die behaupten Gott oder der Teufel oder sonst wer zu sein. Aber Antonio Vivaldi! Diesen Unsinn habe ich in meinem ganzen Leben noch nicht gehört. Spätestens dann, wenn er mit einem Hackebeilchen durch die Räume schleicht und euch bedroht, werdet ihr mich verstehen und mir dankbar sein! Und nun überlasse mir gefälligst das Telefonbuch und meine eigenen Entscheidungen! Ich rufe jetzt alle Kliniken in und um Graz herum an. Over!" Etwas beschwichtigend fügte er hinzu: „Schließlich bin ich als Familienvorstand für euer Wohl verantwortlich."
„Sturesel", schnaubte Henriette, riss die Tür auf und rannte vor Wut beinahe ihren Sohn um, bevor sie mit schnellen Schritten in der Küche verschwand.
Ben zögerte. Sollte er eintreten? Bei der Laune, die sein Vater gerade hatte? Eigentlich wollte er

ihn anpumpen, weil sein Taschengeld alle war und er Antonio und der Stimmgabel ein 2011-Eis spendieren wollte.

„Au, hör einfach mal mit dem Zwicken auf, ja?", zischte er Forky zu, die seit dem Abendbrot in seiner Hosentasche hockte. „Ich hol dich schon wieder raus, keine Sorge!"

„Länger als eine Stunde am Stück habe ich null Bock auf dieses Stoffgefängnis, ist das klar?", zickte Forky. „Außerdem – die Sache beginnt zu eskalieren, wir müssen handeln!"

„Wir müssen gar nichts!", mischte sich da der Komponist von Weitem ein. „Ich werde zu deinem alten Herren in sein Arbeitszimmer gehen, Ben-Edward, mit ihm eine schöne Zigarre rauchen und seine Fragen klären." Er knipste noch dreimal den Lichtschalter in der Flurhalle an und aus, beobachtete dabei die funkelnden Bergkristalle des Kronenleuchters und bat im Gehen: „Wenn deine Großmutter hier ist, dann ruf mich bitte! Miss Pitch, du kommst mit!"

Forky unterdrückte einen Jubelschrei. Endlich war wieder etwas los! Fröhlich hüpfte die Stimmgabel von der einen in die nächste Hosentasche, und schon klopfte Vivaldi an Vaters Arbeitszimmertür. Hier musste einiges geklärt werden! Schließlich wollte er seinen Aufenthalt bei den Picks nicht gefährden, da er noch nicht einmal mit Großmutter Anna alleine gewesen war. Aber

das stand Gott sei Dank unmittelbar bevor.
„Bitte, was ist denn nun schon wieder?" Alberts Stimme klang nicht gerade einladend.
„Darf ich eintreten, Herr Professor?" Vivaldi wedelte mit rechts. Mit links hielt er Forky fest, die vor Aufregung an ihren Wimpern zupfte.
„Aha, das trifft sich gut. Kommen Sie herein zu mir. Ben, du bleibst draußen." Vater zog den armen Antonio mit einem Schwung ins Arbeitszimmer und drückte ihn in einen der schweren ledernen Clubsessel. Gemein, dachte Ben und quetschte sich regelrecht an das Schlüsselloch zum Herrenzimmer. Dumm nur, dass der Schlüssel von innen steckte, und ihm einen freien Blick ins Zimmer vermasselte.
„Cognac, Zigarre?", bot Albert Picks seinem Gegenüber an und lächelte milde wie ein überlegener Sieger. Noch ehe der Maestro „ja" oder „nein" sagen konnte, beugte er sich über ihn und fragte eindringlich: „Nun sag schon, aus welcher Klinik bist du entflohen? Oder hast du Wochenendausgang? Wäre doch kein Problem, stünde dir ja zu!"
Dem lauschenden Ben stockte der Atem, denn so, wie er Vivaldi kannte, konnte das jetzt schwer danebengehen. Er drückte sein Gesicht noch fester an die Tür. Sein Vater fühlte sich sehr überlegen und vergaß darüber anscheinend seine gute Kinderstube; denn einfach einen Fremden

zu duzen, hielt er normalerweise für unhöflich.
„Nun hör mir mal gut zu, mein Freund!" Vivaldi nahm das *Du* auf, löste sich blitzschnell aus dem Sessel und funkelte mit seinen wassergrüngraublauen Augen. „Du magst einige Dinge zwischen Himmel und Erde nicht verstehen. Kinder sind da durchlässiger. Aber eines nimm gefälligst zur Kenntnis: Ich bin und bleibe Antonio Vivaldi, italienischer Komponist aus dem Venedig des siebzehnten und achtzehnten Jahrhunderts. Auch genannt der Prete Rosso!" Er packte Vaters Oberarm. „Willst du mich prüfen, Herr Musikwissenschaftler?" Er stupste Vaters Arm wieder von sich. Forky hörte vor Ehrfurcht mit dem Wimpernzupfen auf und rutschte in die tiefste Ecke der Anzughosentasche.
In Albert Picks Arbeitszimmer breitete sich eine eigentümliche Samstagabendstille aus. Der Tabakqualm malte kurvige Ungeheuer in den Raum, deren Geruch beißend war wie die Kälte, die sich zwischen beide Männer zwängte, und sich aufdringlich mit dem Lavendelgeruch des Vivaldi-Taschentuches mischte. Immer wolkiger wurde die Luft und vernebelte Ben dadurch nun vollkommen den Schlüsselloch-Durchblick.
„Na dann", brach Albert das Sekundenschweigen, welches bislang auf den Tabakwogen durch den Raum schaukelte. „Dann klären Sie mich doch zunächst darüber auf, wann und wo

Antonio Vivaldi geboren wurde – bitte sehr." Er machte eine überhebliche Handbewegung hin zu Antonio, welche heißen sollte: Wenn du willst, darfst du dich wieder setzen. Aber begeh bloß keinen Fehler, sonst fliegst du in hohem Bogen vom Ruckerlberg direkt in die Grazer Innenstadt zurück, du Aufschneider!

„Aha, wir sind wieder beim *Sie*!" Vivaldi nahm schwungvoll im Sessel Platz. „Wenn es weiter nichts ist: Am vierten März 1678 wurde ich in Venedig geboren. An diesem Tag gab es ein furchtbares Erdbeben und man musste mich schnellstens auf die Welt holen. Doch leider kränkelte ich. Meine Lungen waren schlecht entwickelt, weswegen ich nur spärlich schrie. Und somit beschlossen meine Eltern eine Nottaufe, da sie Schlimmstes befürchteten. Doch ich überlebte. Allerdings behielt ich Zeit meines Lebens eine unangenehme Unterfunktion der Lungentätigkeit. Daher konnte ich auf Dauer auch keine langen Messen lesen, ohne in fürchterliche Atemnot zu geraten. Zufrieden?" Immer noch schwang eine gewisse Angriffslust in Vivaldis Stimme mit und Ben hoffte inständig, dass im Herrenzimmer alles gut gehen möge.

Albert Picks jedoch staunte heimlich über das Wissen, welches dieser höchstwahrscheinlich verrückte Straßenmusikus über den Komponisten hatte. Allerdings war die Antwort keine

Kunst. Wer die Musik Vivaldis spielte wusste, wann der Komponist geboren war, und die Einzelheiten über seine Krankheit waren für Interessierte auch bekannt.

„Tja, die erste Frage galt nur dem Aufwärmen. Aber wann wurde Vivaldi regulär getauft, na?" Diese Frage war schon eher eine Herausforderung, fand Albert.

Ben hielt es nicht mehr aus. Ganz sachte drückte er die Türklinke nieder, hoffte, dass das kein Knarzen auslöste, und öffnete die Tür einen schmalen Spalt. Sofort wurde er von aufdringlichem Tabakqualm begrüßt. Er konnte gerade noch so einem aufkommenden Hustenreiz widerstehen, bevor er den Maestro überheblich antworten hörte: „Getauft wurde ich am sechsten Mai desselben Jahres. Und bevor Sie weiter fragen: Meine Priesterweihe erhielt ich 1703!"

Er lehnte sich genüsslich in den Clubsessel zurück. „Gegen einen kleinen Tropfen Alkohol hätte ich nunmehr nichts einzuwenden."

Albert schluckte und goss ein. Er war überrascht und stellte, während er Vivaldi einen Cognac reichte, die Frage: „Wieso wurden Sie überhaupt Priester? Sie liebten das Geigenspiel doch so sehr!"

Forky, die in der muffigen Hosentasche Vivaldis fast zu ersticken drohte, bemerkte erleichtert, dass Vater Picks seine Fragen nunmehr ver-

söhnlicher stellte – etwas in ihm schien sich zu wandeln. Leider wurden seine Fragen dadurch aber auch immer gefährlicher. Hoffentlich funktionierte die „Melodie-Sperre" bei Antonio noch! Mit dem Innenfutter der Hosentasche wischte Forky sich ihre feuchte Silberstirn.
Antonio spürte die Unruhe der Stimmgabel. Ich sollte nicht zu viel von mir erzählen, warnte er sich selbst. Noch einmal möchte ich keinen vor mir schwebenden Ben-Edward erleben. Dann hätte ich es mir gleich mit dieser wundervollen Großmutter Anna verdorben. Diplomatisch antwortete er: „Es handelte sich um reine Dankbarkeit meiner Eltern. Sie versprachen Gott, ihr Kind hier auf Erden in seine Dienste zu stellen, falls es überleben sollte. Und so wurde ich der Prete Rosso, der rote Priester von Venedig." Vivaldi war mit sich hoch zufrieden. Diese Informationen waren ganz sicher überliefert und konnten somit Ben und die Stimmgabel nicht gefährden. Zur Belohnung nahm er einen großen Schluck Cognac. Ben am Türspalt und Forky in der Hosentasche wunderten sich über den Maestro, der sich bei Vaters Frage- und Antwortspiel so tapfer schlug – und waren sehr, sehr erleichtert. Albert indessen wischte sich über die Augen und zupfte ein Hosenbein, während er dachte: Auch gut angelesen. Über die Priesterlaufbahn Vivaldis war man heutzutage umfangreich informiert.

Und so stichelte er weiter: „Lange haben Sie das Messelesen bekanntlich nicht ausgehalten ..."
„Nun, ich litt unter Asthma und konnte die Doppelbelastung zwischen den Aufgaben im Waisenhaus und meinen Aufgaben als Priester nicht länger unter einen Hut bringen. Das erwähnte ich bereits!"
„Asthma hat meist seelische Gründe", führte Albert ins Feld. „Wahrscheinlich wollten Sie kein Priester sein, deswegen die Atemnot."
„Sie unterstellen mir, ich hätte psychische Probleme ‚gehabt'?" Vivaldi tröpfelte frisches Lavendelöl auf sein Taschentuch und begann sogleich zu wedeln.
„Was heißt, gehabt! Die haben Sie noch und deswegen rufe ich jetzt eine Klinik an!" Albert Picks griff zum Telefonhörer und Forky zu Antonios Oberschenkel. Der lauschende Ben öffnete den Türspalt vor Aufregung über diesen Schlagabtausch noch ein wenig mehr und wurde nun vollends von Tabakdunst umweht. Der Hustenreiz in ihm wurde immer stärker und durch den Versuch, dieses eklig aufdringliche Kitzeln im Hals zu unterdrücken, begannen seine Augen zu brennen und zu triefen, was wiederum seine Sicht in den Raum noch mehr trübte.
„Sie sind ein unverschämter Mensch und beleidigen meine Gefühle", hörte er Vivaldi schimpfen. „Es ist ein Wunder, dass Sie eine solch

großartige Frau wie Anna Ihre Schwiegermutter nennen dürfen!"

Oh, jetzt hatte der Maestro einen wunden Punkt bei Albert Picks erwischt.

„Lassen Sie gefälligst meine Schwiegermutter aus dem Spiel!", polterte Albert. „Apropos, Gefühle – hatten Sie oder hatten Sie nun nicht mit Anna Giró? Ihrer Schülerin, Sie wissen schon."

„Anna!" Vivaldi tippte mit der rechten Schuhspitze und merkte dabei, dass er zu dem neuen Anzug unbedingt moderne Schuhe tragen müsse. „Anna!"

Jetzt wurde es interessant und verdammt gefährlich zugleich. Forky kletterte vorsichtig ein paar Stofffalten höher, um für alle Fälle volle Sicht auf beide Streithähne zu haben.

„Anna Giró war die Tochter eines französischen Perückenmachers aus Mantua. Der arbeitete ganz hervorragend. Einen Glanz hatten seine Perücken, sage ich Ihnen, ganz großes Kino!"

„Weiter", forderte Picks.

„Nun, ich weilte zwischen 1718 und 1720 in Mantua. Zu dieser Zeit stand ich im Dienste des großzügigen Fürsten Philipp von Hessen-Darmstadt. Am dortigen Hof legte man äußersten Wert auf gepflegtes Aussehen, sodass ich fast täglich den Perückenmacher aufsuchen musste. Für dessen Dienste gab ich seiner gesanglich äußerst begabten Tochter Annina Musikunterricht. Dabei bemerkte ich, welch begnadete Stimme in ihrem schlanken, alabasterweißen Hälschen schlummerte. Hälschen, was sage ich: Kehlchen!" Der Meister drehte verzückt seine Augen.

„Hast du nun eine *amicizia* mit der Giró gehabt oder nicht?", bohrte Albert noch einmal nach. Seine grenzenlose Neugier war jetzt endgültig geweckt.

Forky spitzte die Ohren und Bens Herz klopfte ihm bis zum Hals. Einmal Warn-Schweben, vielleicht noch ein zweites Mal Warn-Schweben, spätestens beim dritten Mal Abflug, dachte er aufgeregt. Forky, unternimm etwas. Er versuchte, eine mentale Verbindung zu ihr aufzubauen, fürchtete aber, dass ihr Silberkopf einen ziemlich harten, undurchlässigen Schädel hatte. Wie sehr die Stimmgabel am Rand der Hosentasche mit ihm schwitzte und zitterte, konnte er wegen des Tabakdunstes ja leider nicht sehen.

Vivaldi aber blickte zu dem Antwort heischenden Professor, dachte bei sich: genauso neugierig wie der Filius und meinte dann langsam und gedehnt: „Ich überlege und überlege. Allerdings kann ich mich gar nicht mehr erinnern. Melodiemelodie …" Er zuckte mit seiner Nase, legte einen Zeigefinger in sein Kinngrübchen und zwinkerte Forky, die vorsichtig aus seiner Hosentasche lugte, verstohlen und amüsiert zugleich an.

Ben war das erste Mal von Antonio Vivaldi regelrecht begeistert. Ein cooler Typ, wie der mit seinem Vater spielte. Sogar seine Erinnerungssperre setzte er bewusst ein, um ihn, Ben, und die Stimmgabel vor dem Himmelflug zu retten. Einfach cool! Wie gut, dass der Maestro offenbar eingesehen hatte, welche Gefahr sein Jenseits-Gequatsche auslösen konnte.

Albert Picks war zwischenzeitlich wieder beim „Du" angelangt und fühlte keine Hemmungen mehr. Er bohrte weiter: „Aber du hast doch zeitweise mit ihr zusammengelebt? Ganz Venedig sprach damals darüber. Heikel, heikel! Schließlich warst du Priester, auch wenn du keine Messen mehr lesen konntest."

„Ich sagte bereits, ich kann mich nicht erinnern!"

„Noch einen Schluck Cognac?" Albert wedelte mit der Flasche vor Antonios Hakennase.

„Gerne, aber ich werde mich nicht betrinken und dadurch redseliger werden, falls das Ihre Absicht ist, Picks."

Während Albert einschenkte, meinte er: „Komm, wenn du wirklich Vivaldi bist, dann kannst du mir das doch sagen …"

So. Es reichte. Forky krabbelte aus der Anzugtasche.

„Albert Picks, hören Sie auf, den armen Maestro

hier zu löchern", forderte sie ihn mit klarer Stimme auf. „Ob Sie es glauben wollen oder nicht: Vor Ihnen sitzt Antonio Vivaldi, der rote Priester. Erzwingen Sie keine Antworten von ihm, die nicht überliefert sind. Sonst müssen Ihr Sohn Ben und ich für immer diese Welt verlassen."
„Eben", fügte der Komponist hinzu. „Für immer."
Es machte klirr und augenblicklich ergoss sich dunkelgelber Cognac zwischen Flaschenscherben am Boden. Träge wand er sich wie ein Fluss, der sich verschlungene Wege durch eine Landschaft bahnt, an Tisch- und Stuhlbeinen entlang.
„Na, na, na ... wen wird denn eine sprechende Stimmgabel dermaßen aus dem Konzept bringen! Nun benötige ich neues Schuhwerk. Sehen Sie, Albert, was Sie getan haben!", empörte sich Vivaldi und zeigte auf braune Cognacspritzer an seinen Schuhspitzen. „Welche Schuhgröße tragen Sie?"
„Vierundvierzig", stotterte Albert automatisch, während er mit einem wenig intelligenten Gesichtsausdruck die sprechende Stimmgabel musterte.
Ben hielt die Luft an. Jetzt musste sein Dad auch noch eine sprechende Stimmgabel schlucken! Das konnte ja heiter werden. Vor Aufregung bekam er selbst Schluckauf.
„Vierundvierzig? Passt!", hörte er Vivaldi sagen.

„Ich bitte Sie inständig, mir ein Paar zu beschaffen. Aber hurtig. Jeden Moment wird Ihre Schwiegermutter nach mir rufen!" Der Komponist erhob sich und steckte Forky nun in die Brusttasche der Anzugjacke. Richtig wohl fühlte er sich nicht in ihr. Erstens mochte er die Farbe Braun nicht, zweitens waren die Ärmel eine kleine Spur zu lang, dafür die Anzughosen drittens etwas zu knapp. Aber das Schlimmste war der Hosenbund. Der zwickte und zwackte. Doch auf gar keinen Fall wollte er sich eine Blöße vor Großmutter Anna geben, deren Ehemann eine attraktive Figur gehabt zu haben schien. Er versuchte, seinen Bauch einzuziehen. Sicher war ihm das moderne Essen vorhin nicht allzu gut bekommen. In seinem Magen grummelte es.
Albert Picks schaute immer noch wenig intelligent drein. Er begann, seine eigenen Schuhe zu öffnen, streifte sie langsam von den Füßen und meinte: „Nehmen Sie diese, bitte gerne."
Antonio fand es nicht gerade hygienisch, Alberts warme Schuhe überzustreifen. Doch da hörte er Großmutter Anna rufen: „Herr Komponist, wir können!"
Beschwingt und voller Vorfreude auf den heutigen Abend band er die Schnürsenkel zu, wedelte Lavendel und rief ihr aus dem Arbeitszimmer zu: „Gnä' Frau, ich komme!" Zu Vater gewandt meinte er: „Wissen Sie, Picks: Schöne

Frauen mit schönen Stimmen sind eine Sache. Aber meine eigentliche Liebe galt immer nur meiner Violine. Sie war meine eigentliche *amicizia*. Ich habe sie auf meiner letzten Reise nach Wien – so um 1740 herum – verloren. All meine Gedanken und Gefühle machte diese Geige hörbar und anderen Menschen zugänglich. Sie war eins mit mir und dem Raum, in dem ich spielte. Sie tröstete mich mit einem ruhigen, fließenden Adagio oder einem schwermütigen Largo. Sie erzürnte mich mit einem rasenden Presto, beschwichtigte mich sogleich durch ein beschwingtes, tänzerisches Andante und begleitete mich in unruhigen Momenten die unbeschreiblichen Wege der Koloraturen auf und ab." Vivaldis Augen glänzten. „Sehen Sie, Picks, in jeder meiner Kompositionen, die Sie heute hören, vernehmen Sie meine Liebe und Hingabe zu unserem Schöpfer und zur Musik, zu meinem Leben und zu dieser, mir verloren gegangenen Violine." Er tupfte sich während seiner Worte verstohlen das linke Auge, sagte dann aber fröhlich: „Jedoch, mein Herz war schon immer groß und hatte viel Platz für Liebe jeglicher Art. In diesem Sinne: Frau Anna, ich bin bereit!"

Mit einem „Gute Nacht, Mr. Picks" trat er Oma in der Halle entgegen, gab ihr einen Handkuss und genoss den Anblick ihres rosa gefärbten Gesichtes, das umrahmt wurde von duftig frisch gewaschenen, kastanienbraunen Wellen und einer herrlichen, cremefarbenen Perlenkette, die sie sich extra umgehängt hatte, um ihrem Gesicht noch ein wenig mehr Glanz zu verleihen.

„Sie hegt Gefühle für dich, das kann ich spüren", raunte die Stimmgabel aus dem Anzug. Vivaldi lächelte. Welch herrlicher Abend lag vor ihnen!

Forky unterbrach seine romantischen Gedanken quengelnd: „Lass mich wieder zu Ben-Edward. Ich habe keine Lust mehr auf deine muffige Brusttasche. Ich brauche frische Luft." Mit einem eleganten Schwung holte Vivaldi die Unzufriedene hervor und überreichte sie Ben, der noch immer am Türrahmen zum Arbeitszimmer klebte. „Wir gehen aber auf jeden Fall mit, hörst du? Arrangiere das, Ben-Edward!"

Der fragte sogleich an Großmutter gewandt: „Darf ich mitgehen? Ich könnte doch mit meiner Stimmgabel Töne checken. Bitte sag ‚ja'!"

Oma antwortete liebenswert: „Von mir aus, Bennilein, wenn du dich ruhig verhältst." Sie schnappte sich ihre *Gloria*-Noten, hakte sich bei Vivaldi ein und sagte auf steirisch-bayrisch: „San ma fesch, gehn ma!"

Ben schnappte sich für alle Fälle noch einen Kaugummi für Vivaldi, denn man konnte ja nie wissen, und hüpfte dann mit Forky fröhlich aus der Tür.

Vater Albert Picks aber ließen sie grübelnd zurück in einer Cognac-Lache. Mit dem geheimnisvollen Lederbuch und der Gewissheit, dass wohl wirklich und wahrhaftig Antonio Vivaldi aus Venedig gerade eine seiner teuersten Zigarren stibitzt hatte. Und dass dieser Mensch in seinen geliebten Kalbslederschuhen einem herrlichen Abend mit seiner Schwiegermutter entgegenrauschte. Von der sprechenden Stimmgabel in dessen Brusttasche ganz zu schweigen.
Doch das machte ihm nichts aus.
Er war geradezu stolz darauf!

11. Kapitel

oder die Frage, was die Farbe Rosa mit Großmutters Wangen zu tun hat

„Signora Anna, Sie sehen perfetto aus", schmeichelte Maestro Vivaldi der Oma, als sie die Tür hinter sich geschlossen hatten. Seine zahlreichen Gesichtsfalten lächelten ihr erwartungsfroh entgegen. „Es ist mir eine Ehre, Sie zu Ihrer Chorprobe zu geleiten. Welches Fach singen Sie?"
Oma säuselte: *Alt* und blickte verlegen auf den Boden, während sie versuchte, mit dem Meister Schritt zu halten.
Natürlich glaubte sie ihm kein Wort. Und dass er bei diesem forschen Schritt, den er an den Abend legte, schon über dreihundert Jahre alt sein sollte, war natürlich auch Unsinn. Aber er hatte was, so ein gewisses Etwas. Das machte Oma bekanntlich rosa im Gesicht.
Nicht, dass sie sich in ihrem Alter noch einmal verlieben wollte, nein, dazu war sie eigentlich zu bequem geworden. Ihr reichte die Familie mit deren unzähligen Umzügen, und das Kochen, Bügeln und Gärtnern reichten ihr auch. So einen Verliebtheitsquatsch brauchte sie nicht mehr, nein! Ihr Bauch jedoch meldete ihr: Anna

Gerolt, du bist verknallt. Verknallt in einen verrückten Straßenmusikanten, der behauptet, Antonio Vivaldi zu sein. Anna Gerolt, du bist selbst verrückt.
„Oh, dann singen Sie Mezzo-Sopran! Eine wunderbare Stimmlage für Frauen. Warm, seidig ausladend und doch brillant im Kern. Möchten Sie einmal für mich ‚momomo' singen?"
Nein, Großmutter wollte jetzt nicht „momomo" singen, denn sie waren schon fast am Gemeindehaus angelangt, und einige ihrer Sängerkollegen schlossen sich den dreien an. Großmutter wusste, dass sie den Mann an ihrer Seite vorstellen musste. Aber mit welchem Namen?
„Darf ich vorstellen? Anton Wald. Ein alter Freund meines verstorbenen Mannes. Er besucht meine Familie über das Wochenende und bat mich, uns zur Generalprobe begleiten zu dürfen. Vivaldi-Fan, wissen Sie? Ich hoffe, unser Chorleiter hat nichts dagegen! Und das hier ist mein Enkel Ben. Herzchen, sag brav ‚guten Tag'!"
Vivaldi schaute verblüfft, nahm aber das seltsame Verhalten von Anna schweigend zur Kenntnis. Wahrscheinlich hatte sie seinen Namen einfach nur falsch verstanden. Die Stimmgabel lachte sich bei Omas Worten ins Fäustchen. Anton Wald … das würde dem Maestro sicher nicht gefallen. Ben lachte allerdings nicht. Er fand Omas „Sag-brav-guten-Tag-Herzchen" vollkom-

men bescheuert. Er war doch kein kleines Kind mehr! Mit bemüht tiefer Stimmbruch-Stimme rief er in die Runde: „Ben-Edward Picks mein Name, freut mich sehr!"

Das löste ein freundliches Begrüßen und Nicken allerseits aus. Antonio genoss die Aufmerksamkeit und wedelte Lavendel.

„Freut mich, guten Abend. Charmant, charmant, küss die Hand, gnä' Frauen."

Sie klang etwas schwülstig, seine Begrüßung, fand Ben und kramte für alle Fälle in einer seiner Jeanstaschen nach dem Kaugummi. Doch wie sich herausstellte, fanden besonders die Damen den Maestro und seinen umständlichen Schmäh höchst attraktiv.

„Frau Gerolt, das ist ja ein reizender Mann. Und so wohl gekleidet."

Anna wollte ihre Chorkolleginnen nicht darüber aufklären, wie dieser Musiker vor einigen Stunden noch herumgelaufen war. Forky stupste Ben-Edward an: „Wer hätte das gedacht, der Meister und die Meisterin!"

„Hör auf damit, ich will keinen dreihundertdreiunddreißig Jahre alten Großvater haben!"

Die Stimmgabel beruhigte ihn: „Noch ist es ja nicht so weit. Bleib locker!" Ben blickte daraufhin in Richtung Omas rosafarbenes Gesicht und zu Vivaldis schmachtenden Lippen. Danach fand er Forkys beruhigende Worte einfach falsch interpretiert.

In dem Gemeindesaal war wildes Stimmengewirr zu hören. Alle waren gespannt und dementsprechend aufgekratzt, was den Lautstärkepegel ziemlich ansteigen ließ. Der Chor bestand aus fünfzig Mitgliedern, wenn alle da waren. Und zu Generalproben waren immer alle da. Denn jeder wollte am Konzert teilnehmen und seinen Familien, Nachbarn und Freunden zeigen, wie toll es war in einer Chorgemeinschaft zu singen. Ben drängte sich hartnäckig zwischen seine Großmutter und Vivaldi und fragte: „Was ist dieses *Gloria* eigentlich?"

Anna war ihrem Enkel durchaus dankbar, dass er sie mit seiner Frage von ihren unerklärlichen Gefühlen diesem Menschen gegenüber befreite und beeilte sich, ihm zu erklären: „Das ‚Gloria' RV 589 ist auf der ganzen Welt ein sehr beliebtes Chorwerk. Und stell dir mal vor: Erst am fünfzehnten Februar 1927 erwarb der Turiner Börsenmakler Roberto Foa einen Teil der Kirchenwerke Vivaldis von einem alten Kloster, in dessen Mauern die Werke seit den napoleonischen Kriegen versteckt wurden. Nach langer Suche wurde man bei einem alten, einsamen Grafen in dessen Bibliothek fündig und stieß dort auf die restlichen Werke des einst so großen Komponisten, dessen Ruhm allerdings in der Zwischenzeit zu verblassen drohte." Vor-

sichtig schielte sie zum Maestro, der wie gebannt zusammen mit Ben ihren Worten lauschte und sich dachte: Phantastisch, diese Frau, wie sie sich auskennt. Aber gut, dass der Junge mich nicht gefragt hat. Das wäre wieder eine gefährliche Kiste geworden.
„Es bedeutete viel Anstrengung und Mühe", fuhr Oma fort, „diesem Greis die bis dahin als verschollen geltenden Partituren abzukaufen, um sie danach sogleich der Turiner Nationalbibliothek zur Verfügung zu stellen, und somit der Nachwelt zu erhalten." Ihre Ausführungen wurden unterbrochen, als Chorleiter Hörrige laut in die Hände klatschte. „Bitte aufstellen zum Einsingen, meine Damen und Herren. Oh, ich sehe, wir haben Besuch?"
„Die beiden gehören zu mir. Darf ich vorstellen: Herr Wald, ein Freund meines verstorbenen Mannes, Ben, mein Enkelsohn. Ist es in Ordnung, wenn die beiden der Probe beiwohnen?" Großmutter legte bei ihren Worten den Arm um Ben. „Aber sicher doch. Stellt euch zum Einsingen einfach dazu. Ich freue mich immer, wenn junge Leute früh mit der Musik beginnen!" Vivaldi fühlte sich bei der Bezeichnung „jung" geschmeichelt und Forky und Ben-Edward fühlten sich verlegen. Wenn der wüsste!
Die Stimmgabel zupfte an Bens Ärmel. „Na, ob das wohl gut geht mit dem Chorleiter und ihm

hier? Unser Meister hat doch sicher eine ganz eigene Vorstellung von der Ausführung seines Werkes." Sie gluckste vor Vergnügen. „Spannender als ein Samstagabend-Krimi ist das!"
Ben raunte: „Mist! Daran habe ich noch gar nicht gedacht. Freu dich mal nicht zu früh. Wenn die sich in die Haare kriegen ... Hoffentlich können wir uns auf den Maestro verlassen."
„So, wir beginnen alle mit einem ‚momo-mu-mu-mimi-mo'. Jeder in seiner bequemen Stimmlage." Bei seiner Aufforderung klatschte der Chorleiter ein zweites Mal in die Hände.
Er gab am Klavier einen Ton an – Forkys Wimpern stellten sich vor Entsetzen gerade, weil der Ton so verstimmt war – und bald sangen alle Sänger im Raum Töne mit kauenden Mundbewegungen.
Ben-Edward und Forky bewegten ihren Mund ohne Töne. Antonio schmetterte mit, dass es ein Graus war. Er mochte ja ein brillanter Komponist gewesen sein, aber Stimme, nee. Die war nicht so überzeugend, fanden Ben und Forky.
„Eine schöne Singstimme haben Sie", hörten sie dagegen Oma in Richtung Vivaldi säuseln. Sie fuhr seit der Begegnung mit ihm völlig neben der Spur.
Auch dem Chorleiter war aufgefallen, dass Annas Besuch kräftig mitsang. „Falls Sie das *Gloria* von Vivaldi kennen, würde es mich freuen, wenn

Sie morgen unseren Chor-Tenor unterstützen könnten. Tenöre sind immer Mangelware, Herr Wald. Mein Name ist übrigens Hörrige, angenehm!"
Vivaldi winkte ab. „Lieber nicht. Mein Instrument ist die Violine, nicht das Stimmband", gab er zur Antwort und wedelte Lavendel. „Jedoch, warum führen Sie das Werk für gemischten, und nicht für Frauenchor auf? Schließlich habe ich es ursprünglich für Frauenchor komponiert."
Und schon ging es los! Großmutter, Ben-Edward und Forky begannen zu schwitzen.
„Hahaha, guter Witz, Herr Wald." Herr Hörrige lachte etwas irritiert und führte seinen Chor weiter voran mit „Mos", „Mis" und „Mas". Als die Stimmen nach fünfzehn Minuten aufgewärmt waren – obwohl nicht alle danach klangen –, klatschte Hörrige zum dritten Mal in die Hände. „Wir gehen jetzt geschlossen in die Kirche. Das Orchester ist schon da, sodass wir pünktlich um zwanzig Uhr mit der Generalprobe beginnen können. Ich lasse das Werk ohne Unterbrechungen durchlaufen, in der Reihenfolge der Aufführung. Falls Fragen auftauchen, werden wir diese nach der Probe besprechen."
„Entschuldigung, welche Kleiderordnung morgen?", fragte aus der Reihe der Sopransängerinnen Margarethe Kübsch, wie hübsch nur mit einem *k*, wie sie sich selbst immer vorstellte. Für

sie war diese Frage äußerst wichtig, denn viele ihrer Bekannten wollten morgen in das Konzert kommen. Beim Frisör war sie heute schon gewesen.

„Schwarz unten, Weiß oben, wie immer", stöhnten alle. Sie kannten ihre eitle Mitsängerin bereits.

„Wieso Schwarz und Weiß?", wollte Vivaldi von Ben und Forky leise wissen. „Singen die Frauen nicht hinter Schleiern?

„Sind wir hier im Orient oder was?", erwiderte Ben grinsend.

Vivaldi rümpfte die Nase. Der Bengel war ihm manchmal einfach zu vorlaut.

Ben klopfte ihm auf die Schulter. „Ich weiß, früher war es Frauen nicht erlaubt, öffentlich in Kirchen zu musizieren. Schließlich habe ich vor einigen Stunden in Venedig selbst gesehen, wie sie sich hinter ihren Tüchern versteckt haben." Sehnsuchtsvoll dachte er an die schöne Agrippina mit der Superstimme. Von wegen alle verschleiert! Wenn es drauf ankam, wussten die Mädels sehr wohl, ihre Schleier zu lüften …

Anna hatte Vivaldis Einwand gehört, fragte sich, warum ihr Herz wegen eines Straßenmusikanten mit gespaltener Persönlichkeit derart pochte und meinte nur wispernd: „Gemischter Chor mit ohne Schleier, dazu moderne Instrumente. Da müssen Sie jetzt durch, Maestro!" Dann schlug

sie ihr Notenheft zu und erblickte auf der Rückseite das berühmte Bild Vivaldis mit der Violine. Überrascht hielt sie inne. Darum also kam ihr das Gesicht von Anton Wald so bekannt vor!
„Oh, ein Konterfei von mir. Sehr schmeichelhaft getroffen, sehr schmeichelhaft!" Er kräuselte eitel seine Lippen.
Oma nahm Ben und die Stimmgabel zur Seite: „Wer ist dieser Mann, verdammt noch mal?", forderte sie energisch und scharf eine Antwort.
„Antonio Vivaldi, der rote Priester aus Venedig auf Zeitreise", flüsterte Ben. Forky schwieg lieber. Es musste ja nicht sein, dass nun auch Anna wusste, dass sie reden konnte. Der Professor genügte vollkommen.
„Aber er hat nur noch wenige Stunden, um sich in unserem Jahrhundert aufzuhalten. Morgen muss er wieder zurück." Und während der gesamte Chor vom Gemeindehaus zur Kirche lief, erzählte Ben seiner Oma in knappen Sätzen, was ihm seit seinem Schweige-Ausflug auf dem Speicher alles widerfahren war. Er erzählte ihr von Seelentreter und Seelentröster, von der sprechenden Stimmgabel Miss Pitch Fork und dem Staubsauger. Von dem Grammophon und seiner Reise in das Venedig des achtzehnten Jahrhunderts. Von Agrippina konnte er ihr auch erzählen, denn der Weg vom Gemeindehaus in die Kirche war Gott sei Dank lang genug. Ja, und

von dem Reiterdenkmal mit dem schnaubenden Pferd und der Reise nach Graz. Nur von dem ledernen Tagebuch erzählte er ihr nicht, das wollte er ganz alleine seinem Vater schenken.
Anna hatte ihrem Enkel die ganze Zeit ruhig und nickend zugehört. Sie wusste, dass Kinder, die längere Zeit geschwiegen hatten, eine blühende Phantasie ausleben mussten. Aber sie wusste auch, dass dieser Mann hier Wirklichkeit war und ihr Gesicht rosa färben konnte. Das war ihr zuletzt passiert, als Großvater ihr kurz vor seinem Tod einen zweiten Heiratsantrag gemacht hatte.
Und weil dieser Mann hier all das konnte und ihr Herz stark zum Klopfen brachte, dachte sie: Egal, man muss sich nicht immer alles zwischen Himmel und Erde erklären können. Zu ihrem Enkel gewandt meinte sie schließlich schulterzuckend: „Nur *der* Mensch lebt wirklich, der den Augenblick ganz ohne Wenn und Aber genießt! Und wer das kann, der lebt auch mit sprechenden Stimmgabeln und dreihundertdreiunddreißigjährigen Barockkomponisten auf Zeitreise im Einklang."
Oma war eben die Beste, fand Ben und hüpfte vor Erleichterung auf nur einem Bein bis zur Kirche.
Dort angekommen, reihte sich Großmutter bei den Altistinnen ein und Vivaldi nahm mit Ben

und Forky auf einer der Kirchbänke Platz. Mein Gott, war er aufgeregt: sein vor dreihundert Jahren komponiertes *Gloria* jetzt zu hören, in dieser Besetzung und mit fortschrittlichen, modernen Instrumenten. Kolossal!
Die Choristen hoben ihre Noten, Chorleiter Hörrige hob seine Arme, der erste Geiger hob seinen Bogen, Oma hob ihre Augen, um Vivaldi besser sehen zu können, Ben hob aus dem gleichen Grund Forky etwas an und – die Generalprobe begann.
War das ein Klang! Das Kirchenschiff badete in einem Meer von Tönen, Orchester und Chor vereinten sich zu Vivaldis brausender Komposition: ein rauschendes Fest für die Ohren. Sogar Forky quietschte nicht schreckhaft auf, die Instrumente schienen genau auf *a* gestimmt.
Antonio saß ganz ruhig und gedankenversunken neben den beiden auf der Kirchenbank. So hatte er sein *Gloria* noch nie gehört. Bombastisch! Er begann, die Einsätze mit zu dirigieren.
„Und da, und zack, hier Tenor, jetzt der Alt." Er beobachtete Anna, wie präzise sie ihre Melodie sang. Groß, ganz groß! Anna wiederum fühlte sich von Vivaldis Anwesenheit beflügelt und sang so schön wie nie: „Gloria in excelsis Deo …" Ihr rascher Atem bewegte die Perlenkette auf ihrer Brust im Takt der Musik und sandte dadurch cremefarbene Lichtertropfen in den

hintersten Winkel des riesigen Kirchenschiffes.
„Was streicht denn der erste Geiger da für einen Unsinn! Viel zu schnelle Tempi!" Die Ruhe verließ Antonio allmählich und Ben setzte sich vor Schreck kerzengerade auf, was ihm in diesen unbequemen Holzkirchenbänken nicht allzu schwer fiel.
„Hier, Moment! Da müsste forte gesungen werden, jetzt piano. In excelsis ... piano, piano. Was ist denn das für ein Gurkenverein! Die spielen keinerlei Abstufungen. Ja, glaube ich es denn!" Vivaldi sprang auf und klatschte respektlos in die Hände. Chorleiter Hörrige und der erste Geiger schauten sich irritiert an, musizierten aber weiter. Die Stimmgabel steckte ihren Silberkopf ganz tief in Bens rechte Ohrmuschel und flehte: „Tue dich auf, Erde!"
„Sempre molto fortissimo. Keinerlei Feingefühl für Dynamik! Was ist denn da los?" Antonio knurrte wie ein Welpe vor einem zu großen Knochen.
„Sei leise und setz dich wieder hin", zischte Ben und zog den Meister am Anzugärmel. „Zuschauer dürfen sich während einer Generalprobe nicht zu Wort melden. Setzen!" Er zog nachdrücklicher. Das fing ja gut an!
„Verdirb nicht alles mit deiner Meckerei", kam Forky ihm zu Hilfe. „Was die hier machen, nennt man künstlerische Freiheit!"

„Papperlapapp", rief Vivaldi. „Ich lasse mir doch meine Komposition nicht verhunzen. Das soll Fortschritt sein? Moderne Instrumente hin oder her, Männerstimmen in meinem Werk rauf oder runter. Dieser erste Geiger ist eine Katastrophe! Er hält sich an keinerlei Angaben. Mein Geschmack ist das nicht." Mit diesen Worten lief er blitzschnell nach vorne neben den Dirigenten.
„Ruhe! Halt! Stopp!", rief er. „So geht das nicht. So habe ich das nicht komponiert. Feine Abstufungen müssen hörbar sein. Was Sie hier spielen und Sie hier dirigieren, ist kalorienreicher Klangbrei, aber nicht Vivaldis *Gloria*!"
Das Eingangsstück war gerade zum Ende gekommen. Jeder Anwesende in der Kirche schaute den Bekannten von Großmutter entsetzt an. Wie konnte er es wagen, die Probe auf diese Weise zu unterbrechen!
Herr Hörrige blickte entsetzt von Vivaldi zu Oma und dann zu seinem ersten Geiger. „Ich darf doch sehr bitten, Herr Wald. Was soll dieses Benehmen! Sie stören den Ablauf der Generalprobe auf das Empfindlichste. Wären Sie nicht ein Bekannter unserer verehrten Choristin Gerolt, dann flögen Sie auf der Stelle hochkant aus der Kirche." Er spuckte beim Schimpfen direkt auf seine Partitur, so entsetzt war er über den Auftritt des Herrn Wald. Doch damit war er nicht der Einzige. Jeder im Raum war das. Anna

war noch verlegen dazu. Hatte sie ihr Bauchgefühl so getäuscht?
Inzwischen war die Stimmgabel mit Ben-Edward nach vorne gekommen, wobei Ben schon wieder ein sehr leichtes Gefühl unter seinen Schuhsohlen verspürte. "Tu was, Forky, sofort! Ich fühle so ein glibbriges Schweben unter mir, gleich heben wir ab. Der Maestro soll gefälligst seine Klappe halten." Ben-Edwards Ton klang nach absolutem Notruf und so kletterte Forky blitzschnell an Vivaldis Bein hoch, sprang von dort aus auf seine Schultern und flüsterte: "Bist du von allen guten Geistern verlassen? Soll denn unser ganzes Geheimnis auffliegen? Setz dich wieder hin und sei still!" Ihr *a*-Ton klang jetzt wie ein ganzer Hermine-Chor.
"So ein Schmarrn! Ich werde es nicht zulassen, dass diese Nichtskönner meine Komposition derart herunternudeln. Das wird meiner Arbeit nicht gerecht, und dem Publikum gegenüber ist es eine Zumutung!" Der Maestro stampfte mit Alberts Schuhen auf dem Kirchenboden auf und der erste Geiger schrie: "Nu, ei verbibbsch, so kann isch nüsch arbaeten!" Er kam nämlich aus Sachsen.
"Reichen Sie mir bitte einmal ihre Violine!" Der Meister wandte sich dem Geiger zu, drehte sich zum Chor und befahl: "Noch einmal von vorne. Seite eins, Takt eins: Allegro con forza, also mit

großer Leidenschaft, bitte! Ich zähle zwei vor!"
Bei dem Wort „Leidenschaft" blickte er Oma tief in die Augen, nahm den Erster-Geiger-Bogen an sich, schloss seine Augen, atmete einmal tief durch seine lange Hakennase ein und begann zu spielen. Einen wunderbar singenden Klang konnte er dem Instrument entlocken. Chorleiter Hörrige dirigierte zwar noch weiter, aber der eigentliche Dirigent hieß von nun an Anton Wald! Mit ungemeinem Schwung und dynamischem Feingefühl dirigierte und spielte er sein Werk im einundzwanzigsten Jahrhundert in der Heilandskirche zu Graz. Kolossal!
Forky und Ben-Edward waren starr vor Schreck. Wie sollte das noch ausgehen? Anna und die anderen Sänger und vor allem Sängerinnen dagegen hingen fasziniert an seinen Augen, mit denen alleine er die Tempi oder Einsätze gab. Dazu spielte er die erste Geige. Und wie er sie spielte! Eine wunderbare Stimmung übertrug sich auf alle Musizierenden. Herr Hörrige legte seinen Taktstock nieder und stellte sich leise lächelnd in den Tenor. Ein lang gehegter Traum ging für ihn in Erfüllung: Eines seiner liebsten Chorwerke im Tenor mitsingen! Er fühlte sich glücklich und zu Tränen gerührt.
Schließlich war der Chor bei der letzten Seite angekommen. „In gloria dei patris, Amen!" Ein großes, dreifaches Forte hallte durch das

Kirchenschiff und ein erschöpfter, aber glücklicher Maestro Vivaldi ließ langsam die Arme sinken.

Stille herrschte in der Kirche. Nicht ein Räuspern war zu hören. Vivaldi hob langsam seinen Kopf, legte den Violinbogen in den Schoß des ersten Geigers, der die ganze Zeit wie versteinert neben Ben auf der Kirchenbank gesessen hatte, legte ihm seine rechte Hand auf die Schulter, lächelte und verließ unter donnerndem Applaus der zwischenzeitlich wiederbelebten Musiker die Kirche.

Herr Hörrige fragte Anna sofort, ob sie Herrn Wald nicht dazu überreden könne, morgen in der Aufführung nochmals die Leitung und das Violinspiel zu übernehmen. Zu seinem ersten Geiger aber sagte er: „Wir machen dafür in nächster Zeit einen Johann Sebastian Bach zusammen. Der liegt Ihnen besser!" Und fast tröstend fügte er hinzu: „Sie kommen morgen selbstverständlich ohne Eintrittskarte ins Konzert. Und das Geld für den Auftritt überweise ich ihnen gleich am Montag auf Ihr Konto!"

Großmutter, Ben-Edward und Forky liefen aus der Kirche und suchten den Meister. Die drei waren noch ganz mitgenommen von diesem Ereignis. Und endlich stand für Anna fest: Antonio Vivaldi oder Anton Wald war der Mann ihres Herzens! Da, in der Dunkelheit kauerte er, klein und unscheinbar, fast zerbrechlich und nicht lavendelwedelnd überheblich.

„Antonio, mein Lieber. Was machen Sie hier alleine im Dunkeln?" Anna beugte sich über ihn und bemerkte eine Träne, die vorwitzig über seinen nun fast Dreizehn-Stunden-Bart kullerte. „Sie haben uns heute Abend alle reich beschenkt mit Ihrer Kunst, Maestro!" Ihre Stimme klang zart und gerührt. „Bitte, beschenken Sie uns morgen bei der Aufführung nochmals?"

Der Maestro griff nach ihren Händen. „Nicht ich habe, sie alle haben beschenkt. Mich beschenkt. Dieses Erlebnis ist für mich ein Wunder! Forky, wo bist du? Ich möchte dir danken, von ganzem Herzen!"

Die Stimmgabel zwickte den Meister leicht in die rechte Wade. „Kein Ding, Maestro. Sie haben sich ein Wunder verdient!" Zu Ben gewandt aber flüsterte sie: „Das war noch nicht alles an Überraschung. Aber komm, lass uns gehen. Ich habe das Gefühl, wir stören hier nur!" Dann blickte sie zu Anna und tönte: „Keine Sorge, ich passe gut auf Herzilein auf!"

Bens Großmutter lachte. „Oh, nicht nur eine sprechende Stimmgabel, sondern gleich eine mit Humor! Ben, macht es dir wirklich nichts aus, wenn ihr schon vorgeht?"

Nein, Ben machte das absolut gar nichts aus. „Im Gegenteil, Oma. Ich lade Miss Fork auf ein 2011er-Eis ein. Für uns beide reicht mein Taschengeld noch. Und der Herr Komponist hat sicher gerade andere Interessen. Tschüss Oma, hau rein Antonio. Man sieht sich!" Jetzt, wo Großmutter Anna wusste, dass auch die Stimmgabel sprechen konnte, war alles so leicht und unkompliziert geworden. Vergnügt hüpften beide fort.

„Aber irgendwie ist es schon komisch, das mit Oma und Vivaldi", maulte Ben in Richtung Forky, während er ihr eine herrlich grüne After-Eight-Eiskugel reichte. Er selber leckte wegen der Rum-Rosinen an Malaga. Die Sorte durfte er sonst nie. „Großmutter hatte doch Großvater. Und jetzt hat sie uns und vor allem mich. Das reicht!"

Forky leckte genüsslich ihre grüne Kugel mit Schokosplittern und philosophierte: „Mein lieber Ben-Edward, es steht dir nicht zu, zu entscheiden, was deiner Großmutter an Gefühlen reicht und was nicht. Auch in älteren Menschen regen sich derartige chemische Prozesse. Natürlich nicht mehr, um den Erhalt der Menschheit zu sichern. Doch sieh es mal als Bonuspunkte obendrauf, sozusagen als Ernte am Ende eines erfüllten Lebens oder – um es romantischer und der Jahreszeit entsprechend auszudrücken – als Herbstesfülle." Ihr Ton klang so schwelgerisch, als ob sie von sich selbst sprechen würde. Sie

kicherte über Bens Zeigefinger, der während ihres Vortrages ständig an dessen Stirn tippte. „Überleg doch mal, sonst gäbe es ja gar keine Ü50-Paare." Sie schüttelte ihren Silberkopf und sagte mehr zu sich selbst: „Süß, dieses Zeug. Meine armen Zähne."
Während Ben auf einer Rumrosine kaute, stellte er sich Odette in seinem Arm vor, in vierzig Jahren, mit Silberfäden im Haar und wabbeligen Oberarmen. Zufrieden merkte er, dass diese Vorstellung an seiner Liebe zu ihr nichts ändern konnte. Schließlich hatte er vor einigen Stunden sogar mit der über dreihundertjährigen Agrippina gehaucht. Man könnte also behaupten, er sei ein Ü300-Knutschexperte. Dagegen waren Oma und Antonio reinste Unschuldslämmer. Also gut, sagte er sich am Ende und war zufrieden mit dem Ergebnis seiner Gedanken, dann überließ er Antonio und Anna eben ihrem Schicksal …
Die aber saßen noch lange im Schatten der Kirche, unentdeckt von allen anderen Musikern, und hielten sich an den Händen.
„Hätte ich doch meine alte Geige wieder, ich könnte morgen noch mal so schön für alle spielen. Sie war mir immer die beste Freundin."
Bei diesen Worten tropften bei ihm und Anna zwei vorwitzige Tränen auf die Wangen. Anna berührte sein Gesicht behutsam mit dem ihren, und so bildeten beide Tränen ein salziges Paar.

Langsam schlenderten die zwei Arm in Arm durch die stille Nacht nach Hause.

12. Kapitel
oder Liebe und Glück kennen kein Zeitproblem

„Ich hoffe, dass schon alle schlafen", meinte Oma, während sie die Haustür aufschloss. Sie hatte keine Lust auf Erklärungen und ertappte sich bei dem Gedanken, mit Vivaldi allein sein zu wollen.
Zu früh gehofft, denn zumindest Ben-Edward und Miss Forky standen erwartungsfroh mit eisverklebten Mündern vor ihnen.
„Was macht ihr jetzt?", wollte Ben wissen. „Soll ich euch im Wintergarten einen grünen Tee servieren?" So eifrig kannte bisher niemand den männlichen Erben des Hauses Picks!
„Liebes, ich finde, du solltest zu Bett gehen. Morgen erwartet uns sicher ein anstrengender Tag!" Oma versuchte, bei ihrer Bitte unauffällig zu klingen, hatte aber ein nervöses Zucken um die Mundwinkel.
„Nö, ich mach das echt gerne für eu…" Bevor er ein „ch" nachschieben konnte, zwickte Forky ihn energisch in den Oberschenkel und zischte: „Lass die beiden mal alleine, so viel Zeit haben die nicht mehr miteinander!"
„Wieso alleine? Alleine langweilen die sich doch

bestimmt", warf Ben ein.

„Nee, nee, glaub mir mal, die Gefahr der Langeweile besteht bei den beiden bestimmt nicht", beschwichtigte ihn die Stimmgabel mit leicht amüsiertem Lächeln. „Darüber haben wir doch gerade noch gesprochen."

„Ach so, du meinst ..." Ben spürte, wie dennoch ein leichtes Eifersuchtsgefühl in ihm hochstieg. „Das ist doch abartig, in dem Alter!"

Forky flüsterte: „Liebe und Glück kennen nun mal kein Zeitproblem, du Dummerchen!"

Während Ben ein trotziges „Trotzdem" zwischen den Zähnen hervorpresste, hörte man Vivaldi, gebeugt über eine goldene Schale voller Süßigkeiten, die für jeden zugänglich auf einem Schränkchen im Flur stand, schimpfen: „Mozart, Mozart! Immer dieser Amadé! Was hatte der, was ich nicht hatte? Sogar *dolci* haben sie ihm gewidmet! Mozartkugeln, lecker. Muss ich leider zugeben, mmmhhh!"

Er stopfte sich eine Köstlichkeit nach der anderen in den Mund. Seine Wangen rundeten sich wie die eines gefräßigen Hamsters vor der Winterpause. Das glänzende Stanniolpapier mit Mozarts Konterfei aber zerknüllte er nachdrücklich und ließ es achtlos auf den kalten Steinboden fallen, so als meine er den Komponisten und dessen Erfolge persönlich damit. Oma jedoch lächelte nur milde und stupste den Glanzhaufen

unter ihren heiligen Biedermeierglasschrank.
Ben erkannte sie nicht wieder und spürte plötzlich, dass die gedankenlesende Stimmgabel wohl recht hatte: Diese beiden alten Menschen sollte man lieber alleine lassen! Er gab seiner Großmutter einen dicken Kuss, Vivaldi flüchtig die Hand und verabschiedete sich mit den Worten: „Die Stimmgabel und ich ziehen sich nun zur Nachtruhe in mein Zimmer zurück. So könnt ihr den Dachboden als sturmfreie Bude nutzen. Aber übertreibt es nicht. Gute Nacht!"
Oma winkte den beiden etwas hilflos nach und Vivaldi geriet in Wallung. Er legte seinen Arm um ihre linke Schulter. „Einen taktvollen Enkelsohn hast du, Anna", meinte er und blickte ihr tief in die Augen. Beinahe hätte sie ihn in diesem Moment geküsst, aber sie rappelte sich schnell auf und schlug vor: „Möchtest du einige Aufnahmen deiner Werke hören? Wir haben heutzutage diese kleinen runden Funkeldinger, auf denen ist das ganze Musikstück gespeichert."
„Ich weiß, ich weiß, man nennt sie CDs, ich habe schon darüber gelesen!" Antonios Stimme klang etwas enttäuscht. Ein Kuss von Oma Anna wäre ihm jetzt lieber gewesen als Musik!
Anna runzelte die Stirn. „Wieso darüber gelesen?"
„Sie wurden, glaube ich, in der vorletzten Ausgabe des *Technik im Fortschritt – Fluch oder*

Segen-Kataloges' vorgestellt", gab Vivaldi fast nebenbei zur Antwort.

Anna legte die Stirn jetzt in skeptische Runzeln. „Du meinst damit, dass ihr mittels Katalogen über den Fortschritt hier auf Erden unterrichtet werdet? Unglaublich!"

„Ja, natürlich. Ab und zu ist auch ein Film dabei." Er führte seine rechte Hand sacht an Annas Kinn und murmelte: „Ich sehe Dir in die Augen, Kleines! Humphrey Bogart und Ingrid Bergmann in dem Film *Casablanca*, wundervoll." Gleich darauf biss er sich auf die Zunge. Schon wieder konnte er sein loses Mundwerk nicht halten. Hoffentlich ohne Folgen für Ben und die Stimmgabel. Schnell machte er eine ungeduldige Handbewegung und bat: „Zeig mir mal so eine CD. Gibt es denn heute noch einen solch hervorragenden Geigenvirtuosen, wie ich einmal einer war?"

Vivaldi wedelte leicht arrogant mit dem Lavendeltaschentuch und wippte mit seinen Füßen, die immer noch in Albert Picks Schuhen steckten.

„Oh, selbstverständlich. Wir hatten in den vergangenen Jahren herausragende Geiger: Yehudi Menuhin zum Beispiel oder Vater und Sohn Oistrach, Isaac Stern, Anne-Sophie Mutter, Nigel Kennedy und heute haben wir den schönen David Garrett."

„Wie schön, was schön ...? Spielt er schön oder warum?" Vivaldi rümpfte die Hakennase. Immer noch, obwohl schon längst dem Rentenalter entwachsen, hatte er große Probleme mit Konkurrenz aller Art.
Anna lächelte und drehte dabei kokett an ihrer Perlenkette. „Beides. Er spielt schön und er sieht wunderschön dabei aus!" Es fehlte nur ein „Ätsch" hinter dem Satz, fand Vivaldi. Er griff in Richtung Annas Hand, wedelte mit der seinen und sagte leicht ungeduldig: „Nun, dann lass ihn mal hören, diesen schönen Emporkömmling meiner Kunst!"
„Ich kann ihn dir nur auf dem Computer zeigen, dafür aber in voller Pracht und Brillanz!" Anna zog den Maestro in das Kaminzimmer, wo der Computer ihres Schwiegersohnes bereits darauf wartete, Vivaldi zu demoralisieren.
„So sieht er also in Wirklichkeit aus, solch ein Computer. Ich hatte ihn aus dem Katalog größer und wuchtiger in Erinnerung. Dieser hier beglückt den Betrachter mit eleganter Form." Antonio fuhr mit seinen Händen behutsam auf dem matten, schiefergrauen Glanz des Apparates entlang und wischte sofort mit seinem Lavendeltuch hinterher.
„Bitte, nimm doch Platz", bot Anna an, während sie den Rechner mit dem Kennwort *Big-Ben* zum Starten brachte. Sie rief YouTube auf und schon

bald geigte der blonde David mit einer Rockband den *Winter* aus Vivaldis *Vier Jahreszeiten*, während er teilweise durch die Lüfte schwebte.
„Das ist ja ... das soll ... also, das ist ja unfassbar! Der schwebt beim Geigen ja wie unser Erzengel Gabriel bei der Morgengymnastik. Und das soll mein *Winter* im Jahre 2011 sein?" Der Anblick des Videos erschöpfte den Komponisten derart, dass er nicht einmal mehr in der Lage war, Lavendel zu wedeln.
„Gefällt er dir nicht?", stichelte Anna. „Ich finde ihn großartig!"
„Wenn du das Wort ‚gefallen' in deinen Mund nimmst, weiß ich nicht, ob du den Geiger meinst oder meine Musik!", maulte Vivaldi.
„Oh, natürlich deine Musik!", beteuerte sie, konnte sich aber ein „Dass er großartig aussieht, sagte ich doch bereits!" nicht verkneifen.
Der Komponist wiegte seinen Kopf hin und her. „Immerhin erkenne ich eine gewisse Ähnlichkeit seines Äußeren mit dem meinen."
Anna prustete los: „Gut, dass Garrett das jetzt nicht gehört hat!"
„Du findest mich also unattraktiv? Nun, ich habe genug von diesem Gelärme!" Empört, beleidigt, gekränkt und enttäuscht stolzierte Vivaldi Richtung Ausgang. Die Damen waren auch nicht mehr das, was sie noch vor dreihundert Jahren waren. Da lobte er sich doch seine damaligen

Schülerinnen. Alle, aber auch alle, hatten ihn in vollster Vollendung verehrt!

„Komm, ich mache uns eine schöne heiße Schokolade, dann steigen wir hinauf in die sturmfreie Bude, wie Ben-Edward den Dachboden nennt und schauen mal nach der alten Geige", sagte Anna lächelnd, während sie das Musikvideo beendete und dann den Computer ausschaltete.

Antonio witterte die Möglichkeit eines oder mehrerer Küsse in der Abgeschiedenheit eines dämmrigen Speichers und folgte Anna nur allzu gerne nach.

Mit dampfenden Tassen, auf deren Schokoladeninhalt süß-selige Schlagobersinseln schwammen, bepackt, stiegen sie leise und vorsichtig die schmale Holztreppe zum Dachboden hinauf.

Dunkel war es hier und staubig. Vivaldi begann schwer zu atmen.

„Geht es dir nicht gut, mein Lieber? Schnell, trink einen Schluck Kakao!" Großmutter Anna stützte Antonios Hand, die bebend die Tasse zu seinem Mund führen wollte.

„Es ist nicht so schlimm", beruhigte er sie. „Staub und Feuchtigkeit haben mir schon immer zugesetzt. Aber das hat man mir ja nie geglaubt."

„Bis zum heutigen Tage nicht", murmelte sie in ihren Kakao.

„Nun zeige mir, meine Liebe, wo ist denn die alte Geige?"

„Da, unter den Decken muss sie liegen ... Geh ein paar Schritte zur Seite, damit du nicht in einer Staubwolke stehst, wenn ich sie hervorkrame. Hier, hier ist sie. Hoffentlich wohnt in ihr kein Holzwurm zur Untermiete." Mit spitzen Fingern reichte Anna dem vor Ungeduld Zappelnden einen abgegriffenen schwarzen Geigenkasten, dessen metallene Verschlüsse schlaff an ihm baumelten wie Christbaumkugeln an einer nadelnden Weihnachtstanne.

Die Augen des Komponisten begannen zu glänzen. Behutsam hob er den Deckel des Geigenkastens an, schnupperte leicht an dem zerfledderten Stoff, gerade so, als ob er seinen Augen alleine nicht trauen könnte. Vor ihm lag, in kardinalrotem Seidenfutter, eine alte rotbraune Geige mitsamt Bogen, dessen Saiten trotz seines Alters nur darauf zu warten schienen, dem Instrument wunderbare Töne zu entlocken. Feierlich nahm Antonio Vivaldi das alte Holz entgegen, wiegte es fast zärtlich und beschützend in seinen Alabasterhänden und streichelte es mit liebevollem Blick.

„Dass ich dich hier und heute wiederfinde, mein verloren geglaubtes Instrument! Fast habe ich es geahnt." Ganz leise und heimlich drangen seine Worte zu Anna. „Ich bin so dankbar!" Langsam löste sich sein Blick und traf sich mit dem ihren. Sie standen sich gegenüber, genossen den Moment und wussten, dass das Schicksal genau diesen Augenblick gefordert hatte: den Komponisten Antonio Vivaldi mit seiner geliebten Geige wieder zu vereinen.

„Ich kann nicht behaupten, dass ich dies hier alles mit meinen Augen und Ohren verstehe", begann Anna behutsam zu flüstern. „Dafür aber mit meinem Herzen."

Sie strich erst sanft über das rötliche raue Holz der Geige und sogleich über die ebenso rauen, unebenen Hände Vivaldis.

In dieser Nacht saßen die zwei noch lange auf dem alten, abgewetzten Sofa beisammen, oben auf dem Speicher, schlürften kalt gewordenen Kakao mit geschmolzenem Schlagobers, hielten sich an den Händen und betteten die alte Geige weich und sicher auf ihrer beider Schoß.

13. Kapitel
oder The dark side of the moon...

Antonio hatte zwar keinen Kuss von Großmutter Anna bekommen, aber dennoch fühlte er sich so leicht und glücklich, als hätte sie ihm soeben einen Antrag gemacht.
Die Geige und ihr Meister hatten sich wiedergefunden!
Nach der Morgentoilette konnte es Vivaldi gar nicht abwarten, Ben-Edward und der Stimmgabel von seinem Glück zu erzählen. Er klopfte kräftig an die Kinderzimmertür und öffnete sie leise in der Hoffnung, dort beide, trotz seiner himmlischen Quassel-Laune, wohlbehalten anzutreffen. Erleichtert hörte er die Stimmgabel ein langgezogenes *a* quietschen – so klang bei ihr ein herzhaftes Gähnen.
Ben-Edward rieb sich verschlafen und verwundert zugleich die Augen: Was machte der Maestro so früh hier in seinem Zimmer?
„Schaut einmal her, was ich gefunden habe!" Vivaldi hielt seine verloren geglaubte Geige ein wenig nach vorne. Aber wirklich nur ein wenig.
„Eine Geige, na und?" Ben zuckte mit den Schultern. „Ist das die vom Dachboden?"

Vivaldi lächelte. „Ja! Aber es handelt sich nicht um eine gewöhnliche Geige. Nein, es ist meine alte Geige, die mir damals auf dem Weg von Venedig nach Wien abhandengekommen war. Mit ihr schwand all mein Glück, in beruflicher wie in privater Hinsicht. Schaut her, seht ihr diese kleinen Kerben? AV für Antonio Vivaldi."
„Wieso schwand all dein Glück?", wollte Ben-Edward, der Wachgewordene, wissen.
„Nun, ich kann mich nur noch dunkel erinnern, aber es muss 1740 gewesen sein. Ein langer, harter Winter lag hinter uns und stürzte Venedig in eine tiefe Krise. Die Wirtschaft kam nicht in Schwung und überall musste gespart werden."
„So wie heutzutage bei uns", fiel Ben dem Komponisten ins Wort.
Die Stimmgabel philosophierte mal wieder: „Die Welt stürzt ab und der Mensch beginnt sich zu besinnen. Das ist eine Art Weltengesetz."
„Mein Gott, labert ihr schwülstig rum, dafür ist es noch viel zu früh am Morgen!" Ben stöhnte und schüttelte den strubbligen Kopf. „Was ist denn nun mit der Geige? Wo und wann hattest du sie verloren?"
„Ich weiß es nicht mehr. Ich weiß nur noch, dass Anna Giró, meine liebe Freundin, mich nach Wien begleitete, nachdem mir die Geschäftsleitung der Pietà gekündigt hatte, aus Gründen der Einsparung und einiger geplanter Umbau-

ten. Hier in Graz machten wir Halt, da Anna am Tummelplatz-Theater in einer Oper von mir auftrat. Danach fuhren wir weiter nach Wien, weil ich hoffte, am Hofe von Karl dem VI. eine Anstellung als Kapellmeister oder Hofkompositeur zu ergattern. Leider starb der am zwanzigsten Oktober 1740. Ob ich da meine Geige noch hatte oder ob ich sie in Graz verlor – auch daran kann ich mich nicht mehr erinnern!"
„Na, tausend Dank, wem auch immer!", riefen Ben und Forky aus einem Mund.
„Stell dir mal vor, du würdest dich erinnern und alles herrlich ausplaudern. Zur Strafe müssten wir bekanntlich statt Deiner ins Jenseits reisen und dort eine Zeitreisenstrafe-WG gründen!"
Nicht vorstellbar. Ben schüttelte es am ganzen pyjamaeingehüllten Körper. „Wenn ich erst achtzig bin, kann ich gerne nochmal darüber nachdenken!"
Komisch. Antonio Vivaldi rümpfte keine Hakennase, er wedelte nicht Lavendel, redete nicht in arroganten Sätzen, nein. Er war nur noch glücklich und sah richtig rührend aus mit Geige und Bogen in der Hand, die er schützend an seinen Brustkorb hielt.
Ben blickte fragend zu Forky, die sich gerade mit Silbercreme und Puder pflegte. „Hast du etwas damit zu tun?"
„Na klar, das ist mein Geschenk an dich, Maestro.

Der Dank dafür, dass wir in deine Zeit reisen durften! Und ich denke mal, dass du deine Geige in Graz verloren hattest. Warum sonst sollte sie seit Jahrhunderten in diesem Haus auf dich warten? Jedenfalls war sie schon da, als ich hier einzog. Und bedenke: Das Haus steht seit 1739. Unfassbar!"

„Wann bist du eigentlich gestorben?", bohrte Ben-Edward neugierig nach.

„Irgendwann im darauffolgenden Sommer, glaube ich. Das wurde auch Zeit. Eine Anstellung bekam ich nicht, meine Noten wollten die Österreicher auch nicht haben, das Geld wurde knapp und Anna ungeduldig. Sie wünschte nach Italien zurückzukehren, um wieder Opern zu singen. Doch sie blieb, daran erinnere ich mich noch gut. Ich fühlte mich nicht allein. Sie war so warmherzig zu mir, wie deine Großmutter, Ben-Edward!"

„Mein lieber, guter Maestro", meldete sich die Stimmgabel zu Wort. „Du verstarbst am achtundzwanzigsten Juli 1741 in Wien und wurdest noch am gleichen Tag auf dem Spittaler Gottesacker beigesetzt."

„Oh, schon?", fragte der Maestro erstaunt und errötete leicht. Seine verbliebenen roten Haare bildeten sozusagen einen fließenden Übergang zu seinem Gesicht. „Welch trauriger Verlust für die Menschheit ..." Da war er wieder, der eitle

Vivaldi. „Ich hoffe, mit Pomp und Getöse wurde mein Einzug ins heilige Paradies bereitet." Mit seinem Spazierstock drehte er Schlangenlinien gen Himmel.
„Unsinn, die Giró hatte doch kein Geld. Und du hast ihr keines hinterlassen. Nein, es war ein Armenbegräbnis wie bei Mozart, was dir zustand. Mit Armengeläut, weißt du? So ein klirrendes Bimmeln ist das." Forky hüpfte mit einem Satz auf eine Blechsparbüchse, die auf dem Fensterbrett stand. Klirr!
Nun rümpfte Vivaldi wie so oft die Nase. „Gut, dass ich das alles hinter mir habe!", meinte er.

Frühstück und Mittagessen vergingen wie im Flug an diesem Sonntagmorgen.
Amelie kam vor Nachmittag gar nicht aus ihrer Höhle gekrochen, Vater schwieg bei Tische still. Er war immer noch traumatisiert von der sprechenden Stimmgabel und dem wiederauferstandenen Maestro Vivaldi. Also, angeblich wiederauferstandenen Maestro … Er wusste, dass das Geheimnis über den Gast, der in seinem Hause weilte und alle Frauen seiner Familie mit unverhohlenem Charme um den Finger wickeln konnte, in dem ledernen Buch auf seinem Schreibtisch zu finden sein würde. Daher stellte er keinerlei Fragen und verschanzte sich nach dem Essen schnell wieder in seinem Büro,

nachdem er den Schlüssel von innen zweimal gedreht hatte. Er wollte verhindern, dass irgendjemand auch nur andeutungsweise beobachten könnte, wie er ständig heimlich, still und leise um dieses geheimnisvolle Buch herumschlich.
Henriette hatte Kopfschmerzen unter ihrer frisch frisierten Frisur und zog es vor, bis zum Abend des Konzerttages im Bett zu bleiben.
„Wollen wir nach dem Essen einen kleinen Verdauungsspaziergang unternehmen?", fragte Großmutter den Komponisten, der sich auch während des Essens nicht von seiner wiedergefundenen Geige getrennt hatte. „Sicher wäre es für dich interessant zu entdecken, wie viele bauliche Veränderungen Graz in den vergangenen zweihundertsiebzig Jahren durchlebt hat."
Vivaldi berührte sanft Annas linke Wange. „Sei mir nicht böse, meine Liebe. Doch würde ich mich gerne auf den Speicher zurückziehen und die Geige und mein Spiel ein wenig aufpolieren für den heutigen Abend." Er lachte. „Es ist lange her, dass ich mein *Gloria* gespielt habe; das ist mir sehr viel wichtiger als architektonische Vergänglichkeiten."
Er drückte ihren Kopf behutsam an seine rechte Schulter, vergrub seine lange Hakennase in ihren duftigen Haarwellen und drückte dort einen sanften Kuss hinein.
So reif Anna auch war – das ging ihr durch und

durch.

Sie zog eine besonders schöne, dunkelrot gefärbte Seidenkrawatte aus ihrer Rocktasche. „Hier, für heute Abend, ich freue mich!" Sie berührte den Stoff sanft mit ihren Lippen, bevor sie ihn Vivaldi reichte. Die Luft um beide herum vibrierte und nur der große Wächter in der Eingangshalle wagte es, in diesem Moment einen Ton von sich zu geben.

Antonio Vivaldi verbrachte den ganzen Nachmittag damit, seine geliebte Geige zu hegen und zu pflegen. Er hatte sie entstaubt und poliert, die Saiten kontrolliert und gestimmt. Ein bisschen tief war sie im Lauf der Jahrhunderte geworden. Doch mit Forkys Hilfe konnte er ihr wieder zu jugendlicher Elastizität und Spannung verhelfen.

„Hör mal in welch reiner Intonation sie jubelt! So hell und klar!" Vivaldi fing begeistert an, eine seiner Violinsonaten zu spielen.

Die Stimmgabel wusste: „Alle Instrumente sind heutzutage höher gestimmt als noch zu deiner Zeit, Antonio. Sie schwingen ungefähr sportliche vierhundertvierundvierzigmal in der Sekunde. Das klingt zwar oft kräftiger und brillanter, aber häufig auch schrill und nicht mehr so schön warm. Als Säugling schwang ich nur bequemfaule zweihundertdreiundzwanzigmal. Doch ich fürchte, wir müssen uns anpassen, sonst sind wir

bald arbeitslos!" Sie gab einen tiefen Seufzer auf zeitgemäßem Kammerton *a* von sich und auch Vivaldi seufzte tief. „Nun, dieses Problem stellt sich mir wohl nicht mehr. Wann muss ich denn wieder abreisen?"
Die Stimmgabel lächelte mitleidig. „Um Mitternacht, Maestro. Dann sind die vierzig Stunden um."
Mittlerweile war es bereits neunzehn Uhr geworden und die Familie versammelte sich in der großen Halle unter dem Kronleuchter. Der brachte vor allem bei den Damen des Hauses ein bezauberndes Aussehen ans Licht.
Großmutter strahlte trotz ihrer langweilig weißen Bluse rosig angehaucht, da sie wieder ihre Perlenkette trug.
Henriette trug einen rostfarbenen Seidenkaschmir-Rollkragenpullover und darüber einen moosgrünen Samtblazer. Sie hatte goldene Ohrringe angelegt, in denen jeweils ein transparenter Bernstein mit eingeschlossenen Insekten wild mit ihren blonden Korkenzieherlocken um die Wette schaukelte.
Gut, dass die Bernstein-Viecher bereits gestorben sind, dachte Albert Picks, während er seine Frau bewundernd musterte. Sonst würde ihnen von der Schaukelei bestimmt schlecht werden.
Er selbst hatte seinen besten Anzug aus dem Schrank geholt. Den einzigen Anzug übrigens,

dessen Hosenbeine nicht sehr viel zu kurz waren. Dadurch konnten sie die Schuhe verdecken, die farblich nicht ganz mit dem Outfit harmonierten, da seine besten Kalbslederschuhe bekanntlich besetzt waren.

„Muss das sein, dass du in Jeans zum Konzert gehst?", empfing er seinen Sohn, der gerade im Geleit von Miss Forky und Vivaldi die Treppe herunterkam. „Wie du wieder aussiehst! Du solltest deine gute Hose tragen!"

„Och nee, die ist viel zu eng und spießig", entfuhr es Ben-Edward. „Dann bleibe ich lieber zu Hause!"

„Kommt gar nicht in die Tüte", mischte sich Oma schnell ein. „Wir haben jetzt wirklich keine Zeit mehr für Kleiderfragen. Ich muss los und unser Meister hier auch, nicht wahr?" Liebevoll glitt ihr Blick über die tiefrote Krawatte auf Vivaldis Brust, die von einem frisch gewaschenen und mit Stärke gebügelten weißen Hemd bedeckt war. Sie fand, er sah toll aus!

Albert Picks, Ben-Edward, Henriette Picks und sogar Antonio selbst waren allerdings der Meinung, dass das Rot der Krawatte sich mit dem Restrot seiner Haare gefährlich biss. Dafür passte es umso besser zu Amelies neuer Haarfarbe Zwiebelrot.

Das Kirchenschiff war bis auf den letzten Platz ausverkauft. Gut, dass die Picksens reservierte

Karten hatten. Großmutter Anna verschwand in der Sakristei, um sich dort noch einmal durch die Haare zu fahren und mittels einiger Stimmübungen den Hals zu erwärmen. Antonio Vivaldi wurde bereits am Nebeneingang von Herrn Hörrige, dem eigentlichen Chorleiter, begrüßt. „Mein lieber Herr Wald! Da sind sie ja! Großartig sehen sie aus mit ihrer roten Krawatte! Darf ich Ihnen die erste Geige reichen? Ich habe eine übrig, hä, hä, hä …" Er lachte über seinen eigenen schlechten Witz, aber Vivaldi lachte nicht mit.

„Nun, ich fürchte, der erste Geiger ist nicht so fröhlich gestimmt wie sie, Herr Chorleiter!" Er sah ernst aus. „Im Übrigen habe ich meine eigene Geige mitgebracht. Mit ihr werde ich spielen."

„Verzeihung, wie Sie wünschen, Herr Wald, wie Sie wünschen", säuselte Hörrige, und in die Sakristei rief er: „Es ist fünf Minuten vor acht! Bitte alle im Gänsemarsch raus, wie wir es geübt haben. Zuerst die Musiker. Herr Wald gibt den Kammerton an. Sobald im Orchester Ruhe ist, folgt der Chor, aufgestellt nach Stimmen." Mit einer ausschweifenden Geste fügte er hinzu: „Hiermit lege ich die heutige Aufführung des *Gloria* RV 589 von Antonio Vivaldi in die Hände unseres hochverehrten Herrn Wald! Und nun allen toi, toi, toi!"

„Wird schon schiefgehen", riefen die Sänger

unisono, während sie sich gegenseitig über die linke Schulter spuckten – mal mehr, mal weniger feucht. Denn „Danke" sagt man in Künstlerkreisen nie.

Danach stellte Dirigent Hörrige sich als Sänger im Chor-Tenor auf und hatte vor Rührung schon wieder feuchte Augen.

Der Meister mit seiner Violine und Anna tauschten noch einmal einen tiefen Blick, sie lächelte erwartungsfroh und er etwas gequält, weil er merkte, dass sein Bauch rumorte. Das lag wahrscheinlich daran, dass ein riesiger Schmetterlingsschwarm gerade dort gelandet war.

Angezogen von Annas Lächeln oder ausgelöst durch Lampenfieber? Das wusste Vivaldi nicht. Er atmete noch einmal tief ein, langsam auf f aus, schloss die Augen, sammelte sich kurz und betrat dann mit energischen, federnden Schritten die Kirche. Jedoch steuerte er nicht etwa auf die Musiker zu, die ihm erwartungsfroh entgegenblickten, sondern auf Ben-Edward.

„Reiche mir bitte deine Stimmgabel", bat er ihn, und schon war Forky in seine Hand gehüpft.

„Dein Auftritt, Pitch Fork!" Er nahm sie behutsam in die rechte Hand, klopfte mit ihr kurz auf den knöchernen Ballen seines linken Daumens, hielt sie an ein Ohr und begann, seine geliebte Geige auf die Tonhöhe, die Forky angegeben hatte, einzustimmen. Das Orchester tat es ihm nach, was allerdings etwas dauerte, da alle große Mühe hatten, ihre Instrumente im Klang etwas tiefer zu stimmen als gewöhnlich. Bald darauf war im Kirchenraum ein wundervolles Tongeschwirr zu hören. Das klang so, als ob alle Engel und Putten, die sonst starr vor Gips an den Wänden und Säulen hingen, plötzlich losflögen und dabei tuschelten: „Maestro Vivaldi ist kurzfristig auf Besuch und dirigiert und spielt sein eigenes *Gloria* im Jahre 2011 in der Heilandskirche zu Graz! Was nicht alles zwischen Himmel und Erde möglich ist!"

Davon bekamen die Zuhörer natürlich nichts mit. Sie wunderten sich nur darüber, dass der Chorleiter Hörrige diesmal im Chor-Tenor stand, und der erste Geiger in der ersten Bank saß.

Plötzlich breitete sich eine große gespannte Stille aus. Man konnte förmlich den Sand in den Steinmauern rieseln hören. Das Licht des Tages, welches bis vor Kurzem noch durch die bunten Glasfenster gefallen war, und dabei vielfarbige Flecken auf den kalten Steinboden gemalt hatte, wurde nun abgelöst von dem Kerzenschein, der sich warm und eindringlich in der Kirche durchsetzte. Die Zuhörer in den Bänken trauten sich nicht zu atmen. Sie spürten instinktiv, dass sie heute Zeugen einer ganz besonderen Aufführung werden würden.

Alle schauten gebannt auf den rothaarigen alten Mann am Dirigentenpult, der mit geschlossenen Augen, ein stilles Gebet auf den Lippen, vor Chor und Orchester stand. Während er behutsam seinen Geigenbogen anhob, zog er energisch Luft durch die Hakennase ein, um sodann mit einer ausladenden Handbewegung den ersten Einsatz zu geben.

„Gloria, Gloria!" Jubelnd starteten Chor und Orchester das Werk Vivaldis wie eine Abenteuerfahrt durch die Musiklandschaft Italiens im achtzehnten Jahrhundert und ebenso jubelnd endeten sie mit den gesungenen Worten: „In Gloria dei patris, amen!" Umhüllt von einem dreifachen Forte und fast wie im Rausch befanden sich Zuhörer und Musiker im Einklang mit dem letzten Ton. Jeder im Raum spürte dem Hall nach, der allmählich von den schweren Kirchentüren in die Nacht entlassen wurde.

Da löste ein begeistertes „Bravo" die Spannung, dem immer mehr Zurufe und Händeklatschen folgten. Die Zuhörer hielt es nicht lange auf den harten Kirchenbänken.

„Bravo, Maestro! Bravi, Bravi!" Sie waren völlig aus dem Häuschen. Auch die Orchester- und Chormitglieder fielen ein in die Begeisterungsstürme und Henriette Picks rief: „Viva Vivaldi! Viva la musica! Viva la Gloria!"

Albert Picks war das Verhalten seiner Ehefrau

äußerst peinlich. Er zupfte sofort Hosenbeine, obwohl das bei diesen ja überflüssig war. „Mäßige dich, meine Liebe, so kenne ich dich gar nicht!", murmelte er, doch seine Hände wussten es besser: Die klatschten immer schneller im Takt.

Die Stimmgabel, die das Konzert vom Dirigentenpult aus verfolgen durfte, ließ sich mit einem hellen Klirr auf den Boden fallen und hüpfte, unbemerkt von der begeisterten Menschenmenge, wimpernklimpernd auf Ben-Edwards Schoß.

„Toller Typ, was? Du musst zugeben: Unser Unternehmen ist ein Erfolg auf der ganzen Linie. Das sollten wir bei Gelegenheit mal wiederholen!" Bei den Worten zwickte sie Ben in eine seiner zwei Waden.

Der war stark beeindruckt von Vivaldi. Heute und hier fand er ihn fast noch besser als 1711 in Venedig. Und außerdem fühlte er sich selbst etwas stolz: Ohne ihn und seinen Mut hätte es dieses Konzert in dieser Form heute nie gegeben. „Aber ich bin auch daran beteiligt", entgegnete die Stimmgabel auf seine Gedanken.

Allmählich löste sich die Menschenmasse unter angeregten Gesprächen auf. Auch die Musiker und die Chorsänger verabschiedeten sich mit den Worten: „Herr Wald, es war uns eine große Ehre!"

Chorleiter Hörrige aber umarmte Antonio

stürmisch, schmatzte ihn links und rechts und nochmal links auf die Wangen, steckte ihm eine Visitenkarte in die Brusttasche von Großvaters Anzugjacke und rief begeistert: „Lassen Sie uns mal wieder was zusammen machen, Herr Wald!"
Der erste Geiger aber streckte Vivaldi andächtig die rechte Hand entgegen. „Nu, ei verbibbsch. Großardisch, ganz großardisch", lobte er. „Davon bin isch na ähmd noch wät entfernt!"
Der Komponist war erfüllt und beglückt von dem Erlebnis, sein eigenes Werk im einundzwanzigsten Jahrhundert aufgeführt zu haben. „Wie kann ich euch beiden je danken?", wandte er sich Ben-Edward und der Stimmgabel zu.
„Lass stecken, war doch klasse", winkte Ben großzügig ab. „Und das Beste: Du hast nicht einmal mit Lavendel gewedelt!"
„Ich weiß, das brauchte ich früher auch nie, wenn ich Musik machte. Na ja, vielleicht hast du ja doch recht und meine Atemnot war wirklich psychita... psychita... was noch mal?"
„Psychitativ. Seelisch oder so", antwortete Ben und kam sich wichtig vor, einem so großartigen Musiker wie Antonio Vivaldi etwas über Seelenkunde beibringen zu dürfen.
Vivaldis Blick streifte suchend durch den Raum. „Wie spät ist es eigentlich?", fragte er Ben und in seiner Stimme schwang etwas Ängstliches mit. Der blickte kurz auf seine wieder einwand-

frei laufende Armbanduhr und antwortete fast schüchtern: „Leider schon einundzwanzig Uhr achtunddreißig, Meister. Viel Zeit bleibt dir nicht mehr hier auf Erden."
„Wo ist Anna?", fragte daraufhin Vivaldi bang, und sein Atem bewegte sich augenblicklich schwer. „Helft mir, Anna zu suchen, schnell!"
„Hier bin ich doch, mein Lieber", hörte er ihre Stimme im Hintergrund und fühlte sich augenblicklich wie erlöst.
„Forky und Ben, macht es euch etwas aus, wenn ihr schon vorgeht? Und sagt auch den anderen Bescheid. Ich möchte mit unserem Freund bis zu seiner Abreise noch ein wenig alleine sein."
Großmutter hakte sich bei Antonio ein.
„Wo befindet sich denn die Startbahn für seinen Abflug?", fragte sie traurig, aber tapfer die Stimmgabel.
„Auf dem Schlossberg vor dem Uhrturm. Wenn die Zeiger auf zwölf stehen, dann schlage ich einmal gegen die Kirchturmglocke und dann heißt es wieder: Gute Reise, Maestro!" Der Gedanke an den Abschied stimmte ihr *a* ebenfalls traurig.
„Wir treffen uns also um Mitternacht auf dem Schlossberg", sagte Ben. „Bis dahin eine schöne Zeit euch beiden!"
Er beeilte sich, Forky in die Hosentasche zu stecken und schnell davonzurennen. Schließlich

war von jetzt an jede Sekunde zu zweit für die beiden kostbar.

„Lass uns doch schon auf den Schlossberg laufen", meinte Anna. „Um diese Zeit werden sicher nicht mehr viele Menschen dort oben sein." Und so starteten sie und Antonio die vielen Stufen zum Uhrturm hinauf, die sich wie eine lange weiße Steinschlange den Schlossberg emporschlängelten.

Unter einem dicht belaubten Kastanienbaum nahmen sie Platz. Der Rasen war noch warm vom Tag und die Nadeln der Eibenhecke, die ihnen Schutz vor Kälte und Blicken bot, rochen würzig und intensiv. Anna zauberte eine kleine Flasche Rotwein und einen Korkenzieher aus ihrer Handtasche, dazu einige der köstlichen Mozartkugeln.

„Möchtest du mich mit diesen *dolci* verwöhnen oder ärgern?", fragte Antonio sie mit leicht spöttischem Lächeln, wickelte aber schnell eine Köstlichkeit aus dem Papier, um sie sich genüsslich in den Mund zu stecken.

„Ich verspreche dir, dass ich gleich morgen versuchen werde, eine Antonio-Vivaldi-Kugel zu kreieren." Anna lachte, während sie die Rotweinflasche öffnete und ihm reichte. „Hat man nicht einen herrlichen Blick von hier aus über die Stadt?" Sie beobachtete gerührt, wie der Maestro mit der Spitze des Korkenziehers die Initialen

AV und AG in die Rinde der Kastanie ritzte. Antonio Vivaldi und Anna Gerolt 2011.

„Ich genieße jeden Augenblick mit dir hier oben, liebste Anna! Gerade, weil uns nicht mehr viel Zeit bleibt." Ein banger Blick auf die großen goldenen Zeiger des Grazer Uhrturms bestätigte diesen Satz. Heftig warf er den Korkenzieher ins Gras.

„Jeder gemeinsame Augenblick könnte der letzte sein, Antonio Lucio. Nur machen wir uns das dummerweise nicht immer bewusst." Sie berührte mit sanften Fingern die Furchen seines Gesichts. „Als mein Mann starb, hatten wir uns am Morgen gestritten. Eine Kleinigkeit. Ich machte ihm zum Vorwurf, dass er immer das Licht im Bad brennen ließ. Er verteidigte sich und so kam eines zum anderen. Ich packte meine Einkaufstasche und rannte ohne Abschiedsgruß aus dem Haus. Als ich wieder zurückkam, lag er leblos neben dem Telefon im Wohnzimmer. Herzinfarkt. Er hatte noch versucht, meine Handynummer zu wählen." Annas Stimme wurde immer leiser und stockender, Vivaldi konnte förmlich spüren, dass ihr jedes Wort in der Brust brannte. Wortlos schlang er seine Arme fester um sie, zog sie zu sich und wiegte sie sanft hin und her. Dann griff er zu seiner Geige und spielte in die warme, tiefe Nacht hinein ein wunderbar klagendes Adagio.

Der Klang der Melodie trug sich wie ein zartes Nebelband über die Stadt hinweg und wiegte so manchen Bürger in wohligen Schlaf.
„Ich möchte dir noch etwas von mir mitgeben", meinte Anna, als er geendet hatte. „Es ist eine meiner Lieblingsplatten. Ein Titel darauf behandelt einen Text, der mich immer, wenn ich ihn in Zukunft hören werde, an dich erinnern wird. Und ich hoffe, dir wird es genauso gehen."
Sie überreichte ihm eine etwas abgegriffene Schallplatte. Auf deren Hülle war, auf schwarzem Grund, ein Dreieck zu sehen, durch das sich ein Regenbogen zog.
Dark Side of the Moon und *Pink Floyd* war darauf zu lesen. Vivaldi schaute etwas erstaunt.
„Du hast mir deine Musik geschenkt. Nun schenke ich dir meine, auch wenn ich sie nicht selbst komponiert habe." Anna lachte über seinen verdutzten Gesichtsausdruck. „Ihr habt doch hoffentlich einen Schallplattenspieler dort oben?" Sie zeigte mit dem Finger in Richtung Himmel.
„Muss ich mir dann eben aus dem Katalog bestellen", murmelte Antonio und Anna begann zu lesen:

„Und wenn die Wolken bersten,
wenn Donner in deinen Ohren dröhnt;
wenn deine Schreie niemand zu hören scheint

*und deine Band beginnt,
einen anderen Song zu spielen;
dann werde ich dich auf der
Schattenseite des Mondes sehen."*

Vivaldi hatte aufmerksam und andächtig den Worten gelauscht.
„Ich werde mich also in Zukunft niemals mehr alleine fühlen, wenn es mir schlecht geht dort oben, in meiner Heimat? Willst du mir das damit sagen, Anna?" Er blickte ihr fragend und hoffnungsfroh in die Augen.
Sie nickte. „Genauso werde ich mich auch fühlen, wenn ich am Abend den Mond betrachte, Antonio. Nie mehr allein."
Beide besiegelten dieses Versprechen mit einem zarten Kuss.
„Maestro, es wird Zeit", hörten sie wie in Wattenebel die Stimmgabel raunen. „Mache dich bereit!"
Ben-Edward hatte sich zu seiner Oma in das warme Gras gesetzt und legte seinen Kopf an ihre Schulter. Er konnte sich lebhaft vorstellen, wie es seiner Großmutter jetzt ging. So hatte er sich gefühlt, als er Odette verlassen musste. Und auch Agrippina. Warum musste Liebe nur so wehtun? Das war genau wie mit Schokoriegeln: wenn nicht gesund, warum schmeckten sie dann so gut?

Oma lächelte ihren Enkelsohn an. „Nun muss ich zum zweiten Mal von einem geliebten Mann Abschied nehmen", flüsterte sie ihm leise zu. „Aber er darf meine Tränen nicht sehen. Sonst bleibt er wohlmöglich über Mitternacht und ihr müsst dafür gehen!" Sie holte sich Forky auf den Schoß. Der große Zeiger war gerade dabei, den kleinen auf dem Ziffernblatt zu überholen.
„Antonio, mache dich bereit. Lass dich noch einmal umarmen. Es war eine supertolle Zeit mit dir! Danke für alles!" Forky begann, unruhig auf- und abzuspringen und an ihren klimpernden Wimpernspitzen sah man kleine Silbertropfen glitzern. Auch Ben umarmte den Komponisten: „Ich werde dich niemals vergessen. Und deine Musik, die werde ich von nun an viel öfter hören und ich werde sie auch meinen Freunden vorspielen, ohne mich zu schämen. Deine Sachen sind nämlich ziemlich cool." Während seiner Worte tätschelte er den Rücken des Meisters.
Anna und Antonio umarmten sich noch einmal innig, legten ihre Wangen aneinander und schauten sich dabei liebevoll in die Augen, da schlug auch schon die große Glocke im Uhrturm zur zwölften Stunde.
„Meine Geige, reicht mir schnell meine Geige", rief Vivaldi. „Und die Schuhe und den Anzug, darf ich die denn mitnehmen? Wo ist die Schall-

platte?" Er war total aufgeregt.
Inzwischen war die Stimmgabel unbemerkt von allen auf die Glocke geklettert und rief dem Maestro zu: „Nun heißt es, ein letztes Mal Lebewohl zu sagen. Den Anzug und die Schuhe darfst du behalten. Deine Mitbewohner dort oben werden staunen!" Sie kicherte leise, dann wurde sie wieder ernst. „Antonio Vivaldi! Ich rufe dich zur zwölften Stunde!"
Mit einem kräftigen Schwung sprang sie auf die Glocke, als diese gerade ihren zwölften Ton hinter sich gebracht hatte. Das Klirren der Stimmgabel ergab einen dreizehnten Stundenton, Vivaldi rief noch: „Ich werde euch ebenfalls nie vergessen und immer lieben! Arrivederci …". Schon begann er, sich in feinen, gen Himmel schwebenden Silbernebel aufzulösen. Immer mehr und mehr, sodass man bald nur noch ganz zarte Konturen von Albert Picks' Schuhen in der von Mondlicht durchfluteten Nacht erkennen konnte.
„Wie eine Sternschnuppe sieht er aus", meinte Oma und fuhr dabei mit zarten Fingern über die eingeritzten Initialen in der Kastanienrinde.
„Sternschnuppen bedeuten Glück", erwiderte Ben. Er legte Forky, die wieder auf dem Rasen gelandet war und sich vor Rührung wie wild die Nase puderte, auf seine rechte Schulter. Alle drei standen am Fuße des Grazer Uhrturms, winkten

dem Silberstreifen nach, riefen abwechselnd „bye-bye", „ciao" oder „servus" und betrachteten den Mond, der als schmale Sichel am Horizont grüßte. Ob ich ihn morgen dort entdecken werde, auf der dunklen Seite?, dachte Oma bei sich. Oder eher auf der leuchtenden, hellen? Ich werde sehen.
Die drei begannen den Abstieg in die nächtliche Stadt.
„Können wir auch andere Komponisten zu uns holen, Forky?", stellte Ben-Edward die Frage aller Fragen, die ihn schon seit einiger Zeit beschäftigte und seine Entscheidung „Mit mir nie wieder!" aus Kapitel vier in Luft auflöste. Es lagen schließlich unglaubliche vierzig Stunden hinter ihnen.
„Wir werden sehen", gab Forky zur Antwort und grinste Oma an, denn natürlich hatte sie deren Gedanken gelesen.
Zu Hause angekommen umarmten sie sich fest, wünschten gegenseitig eine gute Nacht und verschwanden, jeder in seinem Zimmer. Sie waren erschöpft und glücklich zugleich und wussten, dass sie gerade etwas ganz unbeschreiblich Wundervolles erlebt hatten.
Nach diesem Abenteuer verzichtete die Stimmgabel sogar auf das Zähneputzen. Sie fiel erleichtert müde in ihre Truhe zurück und hüllte sich fest in eine Zeitung von 1876, um schnell von

Venedig zu träumen. Oma zog sich mit zwei Tassen Schokolade, auf der Schlagobersinseln schwammen, in ihr Zimmer zurück, stieß mit beiden gleichzeitig an und murmelte dabei: „Auf dich, Antonio!"
Ben-Edward aber verschwand in sein Zimmer. Nach dieser unglaublichen Zeitreise mit ihren vielen tollen, aber auch gefährlichen Eindrücken fühlte er sich jetzt ein wenig einsam. Er vermisste Forky, Vivaldi, Agrippina, Carlo. Wehmütig setzte er sich in seinem Schlafanzug auf sein Bett und begann, einen langen Brief an Odette zu schreiben. Ob er ihn diesmal abschickte? Ganz hinten rechts in einer seiner Gehirnwindungen hörte er auf einmal ein leises Wispern: „Trau dich doch, Angsthase, Pfeffernase, sonst holt dich der Oster…" – „…um Himmels willen, lass es lieber bleiben. Sonst weiß sie, dass du sie liebst …" Seelentreter und Seelentröster sprachen also wieder mit ihm, jetzt wo er sich alleine fühlte! Erleichtert und glücklich legte Ben den Odette-Brief unter sein Kopfkissen, kuschelte sich tief in seine Bettdecke und gähnte: „Gute Nacht, meine lieben Hirnis, schlaft guuu…"
Henriette Picks schlich sich zu der Zeit heimlich aus Amelies Zimmer. Beide Frauen hatten sich über Haarfarben ausgetauscht und Amelie musste ihrer Mutter versprechen, ihr die Haare morgen Vivaldirot zu färben.

In Vaters Herrenzimmer jedoch brannte noch bis tief in die Nacht hinein Licht; er hatte endlich begonnen, mithilfe eines italienischen Lexikons, das geheimnisvolle Lederbuch zu lesen ...

ENDE

14. Kapitel
oder das Kapitel, welches eigentlich gar keins mehr ist

Übrigens: Bei den Grazer Stadtwerken stand am nächsten Morgen das Telefon nicht still, denn viele Bürger beschwerten sich, dass die Glocke des Uhrturms in dieser Nacht dreizehn- statt zwölfmal geschlagen hatte. *Ich* habe es selbst gehört.

Denn:
Wenn die Phantasie in uns zu leben beginnt, dann beginnt das *Ich* in uns, Geschichten zu schreiben.

Anhang

Es mag fast Ironie sein, dass Vivaldis geistliche Musik kaum dramatisch ist. In ihr lassen sich keine Kunstgriffe finden, die dem verminderten Septakkord auf „superbos" in Bachs *Magnificat* oder den Hammerschlägen des „Conquassibit capita" in Händels *Dixit Dominus* vergleichbar wären. So hat es den Anschein, als ob Vivaldi in der Kirchenmusik Würde und Ernst suchte, für die ihm sein Leben als Virtuose und Opernunternehmer, als chronisch Kranker und Globetrotter zu wenig Zeit ließ.
Michael Talbot, 1978

Bei Vivaldis Musik fragt man sich nicht mehr, ob es sich um *alte* Musik handelt oder nicht: die Musik, die ihren Komponisten überlebt hat, ist einfach da, und sie hat bis heute seine Vitalität und Kraft bewahrt.
Marc Pincherle, 1948

Vivaldi ... wurde durch seine elegante Schreibweise ... das Vorbild seiner und der späteren Zeit.
Robert Eitner, 1904

Was bedeutet schon Zeit ...

Albert Einstein sagt: „Zeit ist relativ." Das stimmt. Für Dich ist die Musik von Antonio Vivaldi alt – klassische Musik eben.
Für Dich ist die Musik, die ich gehört habe – wie z.B. Pink Floyd –, auch alt. Zwar keine klassische Musik, aber eben alt.
Für mich ist die Musik von Antonio Vivaldi zwar auch alt, aber nicht so alt, weil ich ja älter bin als Du.
Für mich ist die Musik von Pink Floyd zwar etwas älter, aber da ich auch etwas älter bin, ist sie fast so alt wie ich.
Ich höre aber auch Musik, die jung ist. Obwohl ich etwas älter bin. Bin ich deswegen altmodisch oder doch eher jungmodisch?
Oder bist Du altmodisch, nur weil Du alte Musik hörst?
Oder bist Du fortschrittlich, weil Musik kein Zeitproblem für Dich ist?
Völlig egal, wie alt oder jung Musik ist oder wie alt oder jung wir sind, Musik berührt uns im Inneren. Sie bewegt uns, teilt uns etwas mit. Musik teilt sogar unser Leid und sie teilt unsere Freude, unser Glück. Sind wir glücklich, hören wir flotte, fröhliche oder romantische Musik. Sind wir traurig, hören wir etwas Langsames und Tragendes.

Die Musik von Antonio Vivaldi kann beides. Sie stimmt uns gut gelaunt, manchmal nachdenklich. So, wie es jede andere Musik auch kann. Musik ist aber auch immer Geschmacksache: Nicht alles, was mir gefällt, muss auch Dir gefallen. Und umgekehrt.

Innerhalb eines kostbaren Augenblicks kann ich mich in eine Musik verlieben. Genauso wie in einen Menschen. Wie, warum und weshalb ist mir dabei nicht wichtig. Wir müssen nicht wissen, warum ein Mensch, eine Musik oder ein Bild uns mitten ins Herz trifft. Das ist einfach Gefühl. Einfach. Nicht kompliziert und umständlich wissenschaftlich erklärt. Einfach einfach eben.

Musik schafft Nähe und Verständigung zwischen Menschen, denn sie klingt in allen Sprachen.

Musik tut immer gut, ob Du sie hörst oder selber musizierst.

Musik tut immer gut, egal wie alt oder jung Ihr seid.

Quellenangaben und Danksagung

Quellen aus dem Internet:
1. **Stimmgabel:**
   www.br-online.de/Kinder (Fragen und Verstehen)
2. **Kastraten:**
   www.planet-wissen.de (Autor Götz Bolten)
   www.spiegel.de (Scheinheiliger Kunstgriff)
3. www.srf.ch/Kultur/barock-mon-amour.de (Autorin Nicole Salathé)
4. **Allessandro Moreschi**, letzter Kastrat/YouTube
5. **David Garrett:** YouTube
6. **Farinelli** – der Film/YouTube
7. **Vivaldi and his women** of the pieta/YouTube
8. **Vivaldi:** Gloria YouTube/diverse Aufnahmen
9. **Pink Floyd:** The Darkside Of The Moon/YouTube
10. Den Textteil des Songs „Brain Damage" habe ich selbst übersetzt

Quellen aus Büchern und meinem Gedächtnis:
Wenn ich es mir recht überlege, dann weiß ich das meiste über Musik und ihre Komponisten von meinem Großvater und von meiner Großmutter. Beide waren Musikliebhaber erster Güte.

Ich war oft bei meinen Großeltern zu Besuch und liebte die Musik, die aus einem alten Plattenschrank mit Radioempfänger (ja, so nannte man das damals) dudelte. Da hörte ich deutsche Schlager oder Kunstlieder von Schubert. Jazz aus Amerika oder Musicals (ebenfalls von dort), allerdings mit deutscher Übersetzung (die war manchmal ziemlich grausig). Später gehörten die Beatles und David Bowie zu meinem Tag wie Frühstück und Mittagessen. Kirchenmusik wie die *Johannes-Passion* von Johann Sebastian Bach fand ich auch ganz toll und habe schon früh angefangen, im Chor zu singen. Doch am meisten liebte ich die Oper. Natürlich Mozarts *Zauberflöte* oder Puccinis *Tosca*, Verdis *Don Carlos* oder Wagners *Lohengrin*. Ich zog ein Ballkleid meiner Tante an, Stöckelschuhe dazu, schminkte mir den Mund als rosa Balken und trällerte alle Frauenarien sämtlicher Opernaufnahmen mit, vor einem großen, verschnörkelten Kleiderspiegel.

Dieses Mitträllern habe ich wahrscheinlich von meiner Großmutter geerbt, denn wenn ich mit ihr in die Oper gehen durfte, sang sie auch immer mit – zwar leise, aber für meine Ohren gefühlte Bierzelt-Lautstärke. Zum Beispiel die große Arie der Tosca, bevor die den schrecklichen Polizei-Oberkommandanten Scarpia ersticht. Oder sie sang bei der verzweifelten Schlussarie der

Madame Butterfly mit, beide Opern vom Komponisten Puccini. Da war meine Großmutter fast gar nicht mehr zu halten. Das war, wie erwähnt stets sehr peinlich, hatte aber meiner Freude an der Oper keinen Abbruch getan. Denn auf der Bühne passierte in einhundertzwanzig Minuten einfach alles, was man sich an Abenteuer nur wünschen konnte: Liebe, Lust und Frust, Intrigen und Rachsucht, Mord und Verleumdung. Heute würde man schlicht „sex and crime" dazu sagen. Aber das war nicht alles. Eingebettet wurden diese spannenden Geschichten in herrlichste Musik, rauschende Klänge und Schwingungen. Klänge, die Gänsehaut und feuchte Augen erzeugen konnten oder Bauchgrummeln und Grusel.

Warum ich das alles in Vergangenheit schreibe? Nun, irgendwie beschleicht mich das Gefühl, dass Ihr heutzutage leider nichts mehr mitbekommt von diesem Zauber. Dass Theater und Oper für Euch gar nicht mehr existieren. Dass es für Euch bescheuert und eben uncool ist, in die Oper zu gehen oder klassische Musik zu hören. Schade. Ihr könnt nichts dafür. Wir sind diejenigen, die Musikunterricht wohl zu langweilig gestalten, den Musikunterricht in den Schulen gar abschaffen. Die nicht mit Euch singen, nicht mit Euch ins Theater oder in die Oper gehen. Die Euch den Zugang zur klassischen Musik nicht

nahebringen oder alles so hochtrabend erklären, dass Ihr gleich die Ohren von innen zuklappt. Ich bin so froh, dass es bei mir anders war, meiner Familie und meinen Lehrern unglaublich dankbar dafür, dass sie mich spielerisch und mit einer Selbstverständlichkeit an diese klassische oder – wie es schrecklicherweise auch heißt – ernste Musik herangeführt haben. So ähnlich ging es wohl auch Kent Nagano, einem großen Dirigenten unserer heutigen Zeit, der gerade an der Hamburger Staatsoper Chefdirigent ist. In seinem Buch *Erwarten Sie Wunder*, erschienen im Berlin-Verlag, schreibt er: „Ich träume von einer Welt, in der jeder Mensch die Chance hat, Zugang zur klassischen Musik zu finden." Das fände ich auch gerecht. Denn nur das, was man kennt, kann man ablehnen. Oder eben mögen.
Den Komponisten Antonio Vivaldi habe ich durch seine Komposition *Vier Jahreszeiten* kennengelernt. Da war ich gerade mal fünf Jahre alt und bekam von meinem Großvater eine Schallplatte geschenkt, die in einem Cover mit vielen bunten Herbstblättern steckte. Er erzählte mir einiges aus dem Leben des roten Priesters, und ich fand das damals schon sehr spannend. Außerdem habe ich als Sängerin viele Stücke von Vivaldi gesungen und wohl deswegen ihm mein erstes Buch aus der Reihe *Stimmgabelgeschichten* gewidmet. Zur Sicherheit habe ich dafür natür-

lich noch recherchiert. Meine wichtigsten zwei Quellen dafür waren zum einen das Buch *Vivaldi* von Michael Stegemann (rororo), welches seit sechzehn Jahren, allmählich schon ganz zerfleddert und mit Eselsohren versehen, auf meinem Schreibtisch liegt. Dann habe ich noch das Buch *Antonio Vivaldi* von Michael Talbot (insel verlag) gelesen und einen Bildband mit dem Titel *Vivaldi* von den Autoren Th. Antonicek und E. Hilscher, erschienen im ADEVA-Verlag. Bei Wikipedia® habe ich ab und an nachgeschaut, und zu der Szene aus dem ledernen Tagebuch habe ich mich inspirieren lassen von dem Film *Farinelli*, den Ihr auf YouTube® unbedingt sehen müsst, genauso wie Ihr dort viele Musikstücke von Antonio Vivaldi zu hören und sehen bekommt. Stöbert doch einfach mal! Ansonsten habe ich viel aus meinem Gedächtnis hervorgekramt – das hat mir Spaß gemacht –, und außerdem bin ich selbst in Venedig auf Vivaldis Spuren gewandelt. Habe viele Bilder gemacht, habe die Vivaldi-Kirche und das feine, kleine Museum besucht. Ich war in der Taufkirche und auf dem Platz, wo das große Pferd steht, mit dem die Stimmgabel, Ben und Vivaldi in unsere Zeit reisen. Und in Graz, da habe ich mit meiner Familie vor fünfundzwanzig Jahren selbst gelebt. Ich weiß also ziemlich genau, wie gefährlich es sein kann, wenn man auf dem Markt einkaufen geht und

„Tomaten" statt „Paradeiser" sagt. Graz ist eine tolle Stadt. Wenn Ihr könnt, fahrt mal hin. Vielleicht findet ihr dort unter dem Uhrturm den Baum mit den Initialen AV & AG?
Schlussendlich ist es das, was ich mit den *Stimmgabelgeschichten* erreichen möchte:
Euch neugierig machen auf Musik, Komponisten, Geschichten, Städte. Was ich mit diesen Büchern nicht beabsichtige, sind wissenschaftlich fundierte Erkenntnisse und Erklärungen oder Musikanalysen und Biografien zu verfassen. Das können Professoren, Wissenschaftler und Biografen viel, viel gründlicher als ich.

Und nun bleibt mir noch, Dank zu sagen.
Dank an meine weiblichen und männlichen Lehramtsstudenten, ohne deren Verzweiflung über nicht vorhandene und altersgerecht aufbereitete Komponisten-Biografien im Jugendbuchsegment ich wohl nicht auf die Idee gekommen wäre, für diese Zielgruppe diverse Komponisten auf Zeitreisen zu schicken.
Dank an meine Familie und Freunde, die an die Idee der *Stimmgabelgeschichten* glauben und mich immer wieder antreiben, weiterzuschreiben und nicht aufzugeben.
Dank an meine wunderbare Lektorin Sabine Franz, ohne die ich mich oftmals in Unlogik und auktorialem Perspektiven-Dilemma befunden

hätte und ohne deren Bestätigung dieses Buch nicht gedruckt worden wäre.

Dank ebenso an Andrea, ohne deren wegweisendes Gespür die Zeitreise nicht in Fahrt käme.

Dank an Wibke, die das Buch nicht nur kompetent und liebevoll graphisch gestaltet und gesetzt hat! Ohne sie an meiner Seite, Katze Lilli auf dem Schoß und dampfender Teetasse in der Hand, hätte ich die letzte heiße Phase vor Buchdruck wohl kaum überstanden.

Dank an Jessica, die mit ihrer originellen Scherenschnitt-Illustration dem *Maestro* Leben eingehaucht hat.

Dank an all die tollen Komponisten, die mit ihrer Musik und ihren spannenden Biografien unsere Welt ein bisschen schöner machen.

Und: Dank an alle lieben Freundinnen, die Vivaldi-Kugeln hergestellt haben!

Über mich

Normalerweise verbringe ich meine Tage damit, Menschen von achtzehn bis achtundachtzig Jahren Gesang beizubringen. Klassischen Gesang, wie wir ihn auf der Opernbühne oder bei Paul Potts aus England hören können. Bei der Art zu singen benötigen wir kein Mikrofon, um gehört zu werden. Jeder Mensch kann so singen lernen. Auch ich singe manchmal so. Früher habe ich gerne und viel gesungen. Heute schreibe ich *Stimmgabelgeschichten*.

Ich lebe mit meiner Familie und netten Nachbarn in einem schönen, aber anstrengenden Haus mit einem tollen, aber noch viel anstrengenderen Waldgarten. In dem buddelt mein anstrengender Hund Figo Löcher in die Erde und knabbert die Wurzeln durch. Und weil das alles so furchtbar anstrengend ist, komme ich nur selten dazu, Komponisten auf Zeitreise zu schicken.

Falls Ihr einen Tipp gegen die Anstrengung für mich habt, dann meldet Euch doch bitte bei mir.